細懷泰斗·擁抱鴻篇

細味金庸傳奇一生

倪匡　明報出版社　編著

出版人的話

蘇惠良

久乎惜緣能相聚
誠矣掏話濟一堂

查先生創辦《明報》，也一手催生了本社，淵源之深，自不待言。也因為這個關係，《明報》的作者，不少亦成為本社的名家，如倪匡、林燕妮、李純恩等等，著作大受讀者歡迎，跟本社亦頗多交往，正是在這麼一個基礎上，本書能順利組稿，連業已身故者，亦留下了篇章，彌足珍貴。

特別要在這裏道謝的是，跟查先生一起走過了六十個年頭的倪匡叔，雖已屆高齡，平日罕有執筆，這次也揮就飽滿的大文，他思路清晰，記憶力之佳，文字的精到和雅俗共賞，當能使他的廣大讀者為之欣慰不已。在本書現身的李純恩、陶傑、蔡瀾、沈西城、喬靖夫以至各界等名家、名人，都由於與查先生的緣而在本書濟濟共聚。

謹此鞠躬！

編者語

陳文威

姑染刀光字行裏
但書俠氣天地間

一、

《明報》創辦人、武俠小說泰斗查良鏞（筆名金庸）笑別人間，享年九十四歲。查良鏞十五部作品膾炙人口，是華人社會最多讀者的作家，在文壇、報界、政圈都有其身影，但他還是最喜歡作家身分，「什麼榮譽給我，也不及小說家好」，與他相知相交多年的作家倪匡更譽之為「五千年來第一人」。

本書正好供讀者細味，回甘。

二、

著作非身等，讀者遍華人。書香迭起，家族祖輩質彬彬。默默耕耘不輟，倒海翻江字裏，劍影刀光陣陣，樂道更津津。大俠平生志，反璞且歸真。

江湖事，他朝了，地無垠。何方妖孽，張網舞爪是非頻。大筆如椽不倒，鐵膽肩承道義，社論現疏親。一別知今後，作品自彌珍。

——調寄《水調歌頭》

目錄

第一回

一些憶想

◆崇拜金庸蓮千瓣
細思好日葉滿天

文：倪匡

二零一八年十月三十日十七時許，接聽電話，熟悉的聲音帶着哽咽：查先生走了。

啊！

雖然知道地球上一切生命（眾生）皆會終結，驟然間也不知如何是好。記憶像掃成一堆的落葉被狂風吹起，漫天飛舞，只好抓到一點是一點，想到哪裏是哪裏。

相對若能歡，何不常相見

一直被稱為和查先生是朋友，實際上從未如此自稱過。實在是因為查先生太博大精深，興趣學問，如蓮花千瓣，瓣瓣精彩，小子何能，只合高山仰止，崇敬佩服，所以一直都是先生的崇拜者（今稱「粉絲」者是也），不嘗逾越。此所以數十年來，所有會晤，都是應邀，主動的不會超過三次。其能相見甚歡，交談投契，都不嫌再見者，只因有些天地，見解相若，才能話多投機，高高興興。其中最互合心意的，是對武俠小說的極度興趣和認知。每當說起一些對武俠小說一無所知之輩，偏喜大放厥詞，兩人嘻哈絕倒，樂不可支。而臧否小說優劣，更是意見一致，酣暢淋漓。

再有是說說小說的情節和小趣味。大都不着邊際，隨興之所至，例如有確鑿證據證明任盈盈說話比林黛玉斯文等等，或做幾則謎語猜猜，也可輕鬆輕鬆。

還有多涉及各類生活小趣味，南北生活習慣的不同：廣東人洗澡是習慣，他省人洗澡是需要之類。記憶中找不出曾討論過什麼所謂正經大事。最多是向他請教各種學識上的疑問，獲益良多。兩人往來能持久的原因：相對若能歡，何不常相見，是很自然的道理。正經大事他自有一批學者教授大人物的朋友去嚴肅研究，不是我們間的這杯茶。我跟他當然也有意見不同的話題，那些我們就不談，平時一起玩玩吃吃，已經足夠快樂了。真正懂武俠小說的人不多，難得我們彼此遇上，共同走過了六十載，金庸一生輝煌，他的小說，是古今中外第一好小說。

堪稱是第一流朋友

他的小說好看的程度，是中國歷史上五千年第一人。為人好到不得了，輾轉間他找我在報紙寫稿，是多大的地位，從此我們結下緣分。他說，我可以送你一萬元禮物請你去旅行，朋友間不計較，開心就好，但我不會加你一元稿費，不然先例一開，生意就難做了。作為老闆，他是九流，但也有道理。作為朋友，他仗義疏財，朋友有困難，幾十萬元他樂於相助，金庸就是這樣好的一個人，沒人夠我那麼古靈精怪了，但我也不敢戲弄他，因他太聰明了，一定會被他看穿的！我才不會自己去撞板。坊間曾傳說，我想搶走金庸那值十萬港元的圍棋盤，其實，金庸知道我拿不走，因為很重的，知道我只是口頭說說。

當年，金庸嗜玩「沙蟹」，「蟹技」段數甚高，查府之中，朋輩齊聚，由宵達旦，籌碼大都集中在他面前。韋小寶的賭品極好，我的賭品則甚差，有一次輸急了，拍桌而去，回家之後，兀自生氣，金庸立時打電話來，當哄小孩一樣哄，令筆者為之汗顏。又有一次也是輸急了，說輸了的錢本來是準備買相機的，金庸立時以名牌相機一具見贈。其對朋友大抵類此，堪稱是第一流朋友。

金庸個子中等，大約一百七十五公分左右，年輕時很瘦，後來發胖，體重約七十公斤，典型的四方臉（國字臉），國字臉有一股威嚴，他屬下的職員，每以為金庸嚴肅，不苟言笑。但事實上，金庸本性極活潑，是老幼咸宜的朋友，可以容忍朋友的胡鬧，甚至委屈自己，縱容壞脾氣的朋友，為了不使朋友敗興，可以唱時代曲「你不要走」作挽留。

一生萬丈光芒

金庸的苦學精神，令人歎服。二十年前，他自己覺得英文程度不夠好，進修英文，家有一個一人高的鐵櫃，抽屜拉開來，全是一張一張的小卡片，上面寫滿了英文的單句、短句，每天限定自己記憶多少字。據沈寶新先生說，金庸在年輕時，每天限定自己要讀若干小時的書，絕不鬆懈。一個人能成功，絕非倖致，天分固然重要，苦學更不可或缺。

金庸愛書，私人藏書之豐，令人吃驚。他曾有一個超過兩百平方米的大書房，全是書櫥。近兩三年來，精研佛學，佛學書籍之多，怕是私人之最。為了要能直接讀佛經，他更開始學全世界最複雜的文字：印度梵文。毅力之高，簡直是超人。

以前在飲宴閑談之間，常有熟人或陌生的人問金庸：「你為什麼不寫了？」在金庸未及回答之前，我總不厭冒昧，搶着回答：「因為他寫不出來了！」如是數十次之後，金庸也感嘆：「真的寫不出來了！」任何事物，皆有一個盡頭，理論上來說，甚至宇宙也有盡頭。小說創作也不能例外到了盡頭，再想前進，實在非不為也，是不能也。再寫出來，還不是在盡頭邊徘徊，何如不寫？

回想起來，最後一次見金庸大概是半年前，那時已經知道他兩、三年前開始有點不舒服，也正常，也到了九十有多之年了，此乃自然定律，他一生萬丈光芒，沒什麼好難過的。我也差不多到了這年紀了，身體也有毛病，實在不必過分悲傷。就在每年的五二零（普通話諧音「我愛你」）懷念這位老朋友吧，因為那是我與妻子的結婚紀念日，也是《明報》的首日創刊。想起那天，我與妻子在中環辦理完註冊手續，經過大街的報攤時看到有新報紙出版，《明報》二字，莊嚴威風。

一起走過六十多年的時光，有幸被他視為朋友。查先生很看重我馬馬虎虎寫出來的文章，對我很器重。今天他先行一步，毋須可惜，最重要的是金庸留給世人的著作。他的十幾部作品，到現在我仍經常翻閱，仍是那麼精彩。有說有華人的地方就有金庸，而金庸的作品在西方同樣受歡迎，至今出版過三部完整英譯本，包括《雪山飛狐》、《書劍恩仇錄》及《鹿鼎記》。金庸一生精彩，當然不只文壇有其身影，他曾在一九八零年代出任基本法起草委員，昂然涉足政界。但他最喜歡的身分，仍是作家，報業則是他最念念不忘的，他堅持的「文人辦報」精神，寫下一個報壇傳奇。

金庸對《明報》副刊的內容非常緊張，每個專欄作家都由他親自挑選，每一篇文章都要過目，寫得不夠好，就會收到他的小字條，我也不例外。小說還好，如果是專欄，他不時寫字條給人，叫人不要寫這樣，不要寫那樣，他有個準則的，不可以寫吃屎那些；跟哪個人食飯，盡量少寫；家裏隻貓點點點，盡量少寫，我說寫貓都可以寫得好看呀，哈哈哈哈！

眼高而手不低

我曾執筆寫過五本《我看金庸小說》系列，大談我與金庸的情誼和對其小說的看法，坊間經常把金庸的小說改編成電影、電視劇，我不忿好友的大作被浪費，一套都看不上。我可以說一句：「你無可能勝得過金庸，改他的情節為何？」看金庸小說的人以千萬計，其中自然有文學批評家、道德學問家，但百分之九十九點九九，都是小說讀者。

金庸的武俠小說，採取了中國傳統小說形式和西洋小說相結合的方式來寫作，而且二者之間，融合得如此之神妙，使得武俠小說進入了一種新的境界，不單是消閒作品，而是不折不扣的文學創作形式之一種。

金庸以他極度淵博的學識、具有獨特感染力的文字、對小說結構的深刻研究、豐富無比的想像力來從事武俠小說的創作，眼高而手不低，寫出的小說，不論讀者的程度如何，一致叫好，絕非偶然。那是他本身寫作才能的表現，同時，也證明了武俠小說完全是小說的一種形式，是文學創作的一種形式，不應在文學創作的行列之中將武俠小說排擠出去。

我以前在上海看武俠小說，看朱貞木、還珠樓主很高級的，聽過有個金庸在香港寫，我還沒好氣地說：「唔慌好睇啦！」後來個個都介紹，我才拿來看，真是好睇！金庸小說有中國歷史作背景，人物角色穿的是「古裝」，用的是非常簡潔的中國傳統小說的文字，例如不用「心想」用「沉思」，似中國四大名著如《水滸傳》，但他的表達、鋪排卻富有西方小說的色彩。金庸小說的畫面是立體的，有味的，有聲的，全部給你清清楚楚看到，但他僅僅以幾十個字已經全部意境盡出，完全不會好似有些小說，花幾百幾千字形容一個場景，這是他天生的本事。

武俠小說臻於化境之作

在我眼中，金庸筆下最成功的一個人物是他最後一部小說《鹿鼎記》中的韋小寶，因為他是一個實實在在的人，壞事做盡卻是至情至性。《鹿鼎記》寫一個一無所長的人，因緣附會，一直向上攀升的過程。但仔細看下來這個人又決不是一無所長，而是全身皆是本領。他的本領，人人皆有，與生俱來，只不過有的人不敢做，不屑做，不會做，不能做，而韋小寶都做了，無所顧忌，不以為錯，所以他成功了。從撒石灰迷人眼，遭茅十八痛打開始，韋小寶沒有認過錯，他堅決照他自己認為該做的去做。

《神雕俠侶》書中，楊過在獨孤求敗的故居之中發現留言：

淩厲剛猛，無堅不摧，弱冠前以之與河朔群雄爭鋒。

紫薇軟劍，三十歲以前所用。

重劍無鋒，大巧不工，四十歲以前持之橫行天下。

四十歲後，不滯於物，草木竹石均可為劍。自此精修，漸進於無劍勝有劍之境。

金庸以前的作品，是淩厲剛猛之劍，是軟劍，是重劍，是草木竹石皆可為劍，雖然已足以橫行天下，但到了《鹿鼎記》，才是真正到達「無劍勝有劍」之境。

只要有劍，就一定有招，就一定有破綻。金庸在《笑傲江湖》中已一再強調這一點說的雖然是武學上的道理，但也是任何藝術創作上的道理。《鹿鼎記》已經完全是「無劍勝有劍」，甚至不是武俠小說，不是武俠小說的武俠小說，才是武俠小說的最高境界。

所有武俠小說，全寫英雄，但《鹿鼎記》的主角，不是英雄，只是一個有血有肉的人，和你我一樣，和普天下人一樣。

所有武俠小說的主角，都是武功超群，都有一個從武功低微到武功高超的過程，但是，《鹿鼎記》的主角卻一直不會武功。

金庸在創作《鹿鼎記》之初，可能還未曾準備這樣寫，韋小寶遇到不少高手，有不少際遇，只要筆鋒一轉，就可以使韋小寶成為武林高手。但金庸終於進入了「無劍勝有劍的境界」，韋小寶只學會了一門逃跑的功夫，一直不會武功，創自有武俠小說以來未有之奇。所有武俠小說的主角，都是超人，可以用各種道德規範來衡量，只有《鹿鼎記》的主角不是，是一個普通人，經不起道德標準的秤衡。但是誰也不能責怪他。誰要責怪他，請先用道德規範秤衡自己。

《鹿鼎記》中，金庸將虛構和歷史人物混為一體，歷史在金庸的筆下，要圓就圓，要方就方，隨心所欲，無不如意。可以一本正經敘述史實，也可以隨便開歷史玩笑可以史實俱在，不容置辯；也可以子虛烏有，純屬遊戲。

這是金庸在《鹿鼎記》中表現的新觀念，突破了一切清規戒律，將人性徹底解放，個體得到了肯定。甚至在男女關係的觀念上，也釋放得徹底之極，韋小寶一共娶了七個妻子之多。

反英雄，反傳統，反束縛，《鹿鼎記》可以說是一部「反書」。

宣人性，宣自我，宣獨立，宣快樂，《鹿鼎記》又不折不扣，是一部「正書」。

韋小寶什麼事都幹，惟獨出賣朋友不幹。但結果，他不免被朋友出賣，真是調侃世情之極。

若說《鹿鼎記》不是武俠小說，它又是武俠小說，從洪教主所創的「美人三招」的詳細描述，有哪一部武俠小說有這樣好的有關「武術的情節」。所以，《鹿鼎記》是不是武俠小說，是武俠小說臻於化境之作，是武俠小說中的極品。

「精彩廢話」

《鹿鼎記》雖是我最愛，但金庸所有著作我都不時翻閱，有次重閱《笑傲江湖》，才發現自己以前錯過了桃谷六仙的「精彩廢話」，如今逐句細味，發現金庸厲害的不只是完美捕捉到古人的神緒，與現實對照，竟似曾相識，現在有些大人物、中人物在公眾場合的話語，不是似到十足，含混不清嗎？

例如這一段：桃實仙正由「殺人名醫」為他動手術，其他五仙被轟出去遊玩，到了「楊將軍廟」，一個人猜這「楊將軍」是楊再興，本來猜對了，但其他幾個不忿，偏說有可能是楊六郎、楊七郎或是楊文廣、楊宗保。一進廟去，上面寫着「楊公再興之神」，桃幹仙說：「這裏寫的是『楊公再』，又不是『楊再興』，」桃根仙說：「那麼『興之神』是什麼意思？」桃葉仙說：「興，就是高興，興之神，就是精神很高興的意思。楊公再這小子，死了有人供了，精神當然很高興了。」桃花仙說「『楊公再』、『楊再興』都是楊七郎」。桃根仙道：「這神像倘是楊再興，便不是楊公再，如果是楊公再，便不是楊再興。怎麼又是楊再興，又是楊公再？」桃葉仙說：「這個『再』字是什麼意思？『再』，便是再來一個之意，一定是兩個人而不是一個，因此又是楊公再，又是楊再興。」

看通看透了人間眾生相

很多人問對查先生的印象，正是一套二十四史不知從何說起。單說其中一點：查先生器量之大難以形容，簡直已到了匪夷所思的境地，彌勒的大肚能容，只怕也不過如此。用現代話說，其智商超群固不待說，情商之高，更高不可及。已經是另一種境界。在他的視界之內，無不可原諒寬容之事。他在絕頂俯覽眾生，觸目所及都是佛家情懷。而且他對眾生相已看透看徹，自然不再計較人間事。也正由於如此通透，他的小說才會如將大千世界的一切寫得如此流傳千古的豐盛。

此所以，我應查太太之命，提議用「一覽眾生」作為查先生靈堂上的橫批，和着查先生自己寫的一副對聯：「飛雪連天射白鹿」「笑書神俠倚碧鴛」。這四個字蘊含的內容廣博。首先它令人聯想到的是唐詩、杜甫、泰山、絕頂、人間萬象……等等，而杜詩俯視的只是山嶺，查先生在至高處俯視的是眾生，即人間的一切眾生相，那是佛家語。正因他看通看透了人間眾生相，才能有如此偉大的著作，而且他覽視眾生，胸中是佛家的慈悲寬容，境界已超越文學的範疇，悲天憫人，恢弘廣大，很確切地展現了他一生功業，正是：借得杜詩三個字，挪來楞嚴一段神！」

至於那副對聯，許多人都耳熟能詳了。這十四個字，表面看似乎並無出奇之處，然而內中卻包含了十四部驚天動地的武俠小說。熟讀金庸作品的，一看便可以知道裏面的每一個字，代表了才情浩淼的金庸筆下的哪一部小說。

他離開了，卻給我們留下了一個個快意恩仇的江湖世界。

《天龍八部》最淒怨的一段

若問他器量大的例子，涉及他人的不提了，當事人自應心裏有數。只說我將阿紫弄瞎一事，非但沒有半句道歉，且自喜張揚，查先生竟無半分責怪，若無其事。應該拍檯翻臉的事啊！真慚愧，直到現在才有勇氣說一句：對不起，太任意胡為了！

那次，金庸寫《天龍八部》期間，要去歐洲幾個月，找我代筆，他臨走前只說一個（角色）都不能死，我用到的人就用，用不到的就放在一旁。我並沒有對阿紫有特別喜惡，只是覺得劇情發展應當如此，如果她不盲又怎會喜歡那個鐵頭人游坦之？金庸回來一看也大為吃驚。打打殺殺受傷是在所難免，如果傷也不能傷還有什麼看頭？我讓她受傷，看金庸如何解決。便是無藥可救，金庸都可以拉回來，還拉得那麼好，那是《天龍八部》最淒怨的一段。

他聽得到的

或曰：現在來說，遲了，他聽不到了。真覺得非也非也，查先生非常人也！用的無非是那幾千個人人都認識的漢字，經過他腦部活動的組織排列，竟成為如此震古爍今的偉大作品，可見他腦部的活動力之強大。強大無比的腦部活動，必然產生強大的能量。這種能量積聚，在擺脱了身體的束縛之後，以何種方式存在，目前無人能知，但堅信其必然存在，是對生命的信仰。這種強大的能量，究竟強大萬能到何種程度，難以想像，我想，至少應該達到可以接收或感應到我們腦部活動所產生的微弱能量（通稱腦電波）的程度（多麼複雜的句子，說人話，就是：他能聽到）。

他聽得到的。

不但能聽到，或許還能有回應。回應或許我接不着，卻由不知道哪一個有緣人收到了。若有此等情景，尚祈告知，是所至盼。

倪匡
二零一八年十一月十日　香港

飛雪連天射白鹿
笑書神俠倚碧鴛——金庸

第二回

專訪倪匡

◆金庸仗義無白眼
倪匡坦然未紅時

文：劉倩瑜

一九五九年五月二十日應該是吉日，既是《明報》創刊日，也是倪匡與太太結婚的大日子。這個巧合只是往後金庸與倪匡深厚緣分的序幕。不久之後，倪匡成為《明報》的專欄作家，寫作內容包括小說和散文，高峰期每天有三四個專欄，而他在《明報》連載，如〈衛斯理科學幻想小說〉等經典故事更成為他的代表作。

倪匡亦曾經做過金庸小說的代筆，又聯同導演張徹把《神鵰俠侶》改編為電影，更於八十年代推出《俠之大者——我看金庸小說》等金庸小說研究作品，成為往後文學界研究金庸作品的重要材料。倪匡與金庸是多年知交，與蔡瀾、黃霑被稱為「香港四大才子」，不論談金庸還是金庸的作品，倪匡都是不能錯過的人選。

「八十幾歲人，老了，周身不舒服，現在好像一頭龜，做什麼都要慢動作，想到超市逛逛，想了十多天都未動身。」起初約倪匡做訪問，他就是這樣地婉拒，不過這天到他家去探訪，剛睡過午覺的他精神很不錯，腦袋轉數快，記性好。記者上回訪問蔡瀾時，蔡瀾提到有一次他們幾個人去日本吃雞泡魚，倪匡一個人吃了八條。「那次有十個人，每人一條，但其中三個人沒有吃，於是我就吃了四條。那些雞泡魚很大，差不多有你的膠水瓶大小，八條吃不下。」

金庸割愛讓魚頭

倪匡很愛吃魚，童年有個別號叫「小貓」，金庸有一個習慣，每次和倪匡一起吃飯，魚一來了，就會把魚頭夾起放進倪匡的碗裏，倪匡總是老實不客氣。「有一回他又把魚頭遞過來，我說不要了，我的口腔發炎。查先生大喜：『你不吃，我吃！』認識他十多年一直不知道他原來也好這一味。」

倪匡說金庸對朋友很好，在著作《我看金庸小說》中提到一些舊事：「十餘年前，金庸嗜玩沙蟹，『蟹技』段數甚高……筆者賭品甚差，有一次輸急了，拍桌而去，回家之後，兀自生氣，金庸立時打電話來，當哄小孩一樣哄，令筆者為之汗顏。又有一次也是輸急了，說輸了的錢本來是準備買相機的，金庸立時以名牌相機一具見贈。」多年來金庸送他的禮物不少，當中還包括衛斯理小說的版權。大家一直把衛斯理歸類為科幻小說，倪匡卻公開它的 DNA。

《明報》創刊後不久，倪匡便開始在副刊寫專欄，六十年代初，其作品也於《明報》與《南洋商報》合作編印、逢星期日隨報加送的《東南亞周刊》中刊登。率先在新刊物中以新作《素心劍》省招牌的金庸，也請倪匡寫一個武俠故事。「因為那時我還不算很有名氣，擔心寫了沒有人看，查先生說不如和他合著，他掛個名，內容全由我負責。」倪匡邊說邊走到客廳的書架前找來兩本書，友人最近找到當年的報紙，把連載版本重新印製。封面印着《天涯折劍錄》，倪匡用了「岳川」作為筆名。

那段時間金庸要求倪匡多寫幾部武俠小說，他陸陸續續又寫了《血影》和《長鋏歌》等「查先生還是要我再添一部，我就建議寫時裝的，那就是衛斯理。所以衛斯理其實是時裝武俠小說！」

就記者手上的幾份六十及七十年代副刊，倪匡真箇筆蹤處處，一九六五年十二月，在衛斯理的《蜂雲》旁邊正是他曾擔任代筆、把他覺得很討厭的阿紫弄盲的《天龍八部》，背頁則有他以岳川為筆名寫的古裝武俠《劍谷幽魂》。

除了小說，倪匡還有寫散文，其中一個是以「沙翁」為筆名寫的〈皮靴集〉。某天倪匡交稿，跟編輯說專欄的名字要改，因為另有報章的專欄也以〈皮靴集〉命名，他很生氣，把專欄改為〈赤足集〉，似乎要把對方一腳踢開。

一杯酒未盡已寫千字

當年負責的編輯憶說倪匡寫稿特快，遇有未收到稿的情況，會上門去取。倪匡會請編輯坐下稍等，遞上一杯紅酒，不一會，酒未飲完，就把七篇每篇約二百字的稿子完成。

金庸除了請倪匡寫專欄，還曾委以另一重任。「查先生找我辦期刊《武俠與歷史》，說什麼都可以讓我作主，我說那就先把作者稿費加三倍吧！『這樣子就辦不成了。』他說。『你不是為了將武俠小說發揚光大的嗎？』我問。」金庸不語。

稿費加三倍的事沒有發生，倪匡說，金庸是個很有看法的人，他的想法更不容易被別人動搖。《明報月刊》創刊前，查先生曾邀請一位學者到辦公室討論刊物的方針，在旁邊寫稿的倪匡說：「學者滔滔不絕講足兩個多小時，查先生則不發一言，最後回一句：『還是照我的辦法比較好。』那位學者氣沖沖轉頭就走。」

了解金庸不到萬分一

雖然做了幾十年老朋友，倪匡覺得金庸想法高明學問廣博，且心思深不可測，只能了解他不到萬分之一。不過回到金庸武俠小說的賞析這個範疇，又當別論。作為金庸作品研究的領頭人並提出「金學」一詞，倪匡撰寫多部金學研究專書，就《天龍八部》寫角色之最，寫什麼場景戲碼宜進什麼酒，給金庸小說設排行榜，倪匡認為研究武俠小說必須在其框架下去研究，讀到某些金學的研究文章，認為撰文者不懂武俠。

金庸作品研究的領頭人

「他們不斷討論小說在歷史中的真實性，又從物理角度看情節發生的可能性，實在沒有必要，武俠小說是幻想小說，凡於武俠小說出現的東西在現實中都不存在，武俠小說只需要好看，人物生動情節浪漫就足夠，不需要理會什麼文以載道。你吃一條魚，需要知道牠的學名嗎？東星斑的學名是什麼？」

大家都寫小說，倪匡和金庸的創作習慣很不同。倪匡說金庸喜歡逐篇逐篇每天去寫，會為作品進行多番修訂，他會一口氣同一個故事連續寫十天，明知有錯都不會修改。當年寫衛斯理，講到他去了南極見到一頭白熊，被讀者投訴也不肯改。「當然有些東西是要修改的，例如《鹿鼎記》鰲拜被割去舌頭後仍不停罵人，舌頭都沒有了怎樣罵人？這些就要改。」

倪匡說，他從來不喜歡與別人比較。無論任何界別的比賽都不感興趣，「金庸很喜歡下棋，有一段時間也想教我下圍棋，我就是不肯，也從來沒有跟他下過棋」。曾經，倪匡被拿來跟金庸相比。「有人說我寫的東西沒結構沒組織，又有人在一個演講場合當面批評我的小說跟金庸相比望塵莫及，我說：『你太抬舉我了，望到塵應該不會隔好遠。』」倪匡說望到塵好開心，笑自己說話像機關槍，笑聲也像機關槍。

▲於一九六九年電影《死角》借用金庸的大宅拍攝時的大合照，除了有主角狄龍（左一）、導演張徹（左二）女主角李菁（左四）等人外，倪匡亦有同場，可見其交情深厚。

◀金庸（左）、倪匡（中）、蔡瀾（右）等的多年好友，常常到跑馬地的 Amigo 飯敘。

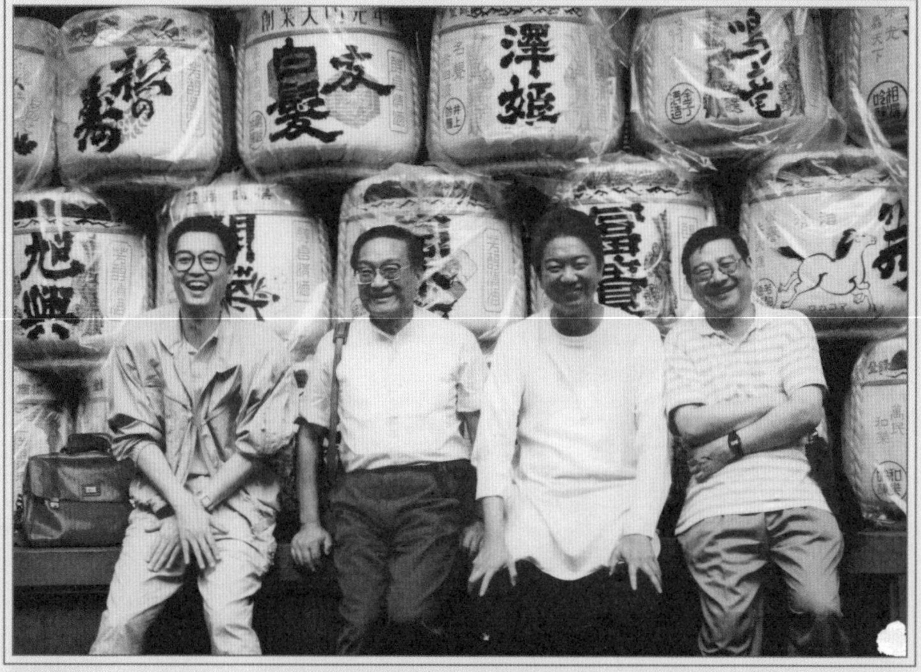

▲金庸（左二）為人仗義，對朋友更是慷慨大方，當年李純恩（左一）替他賣出電影版權，金庸就請他和蔡瀾（右二）、倪匡（右一）到日本旅行慶祝一番。
（圖片提供：倪匡）

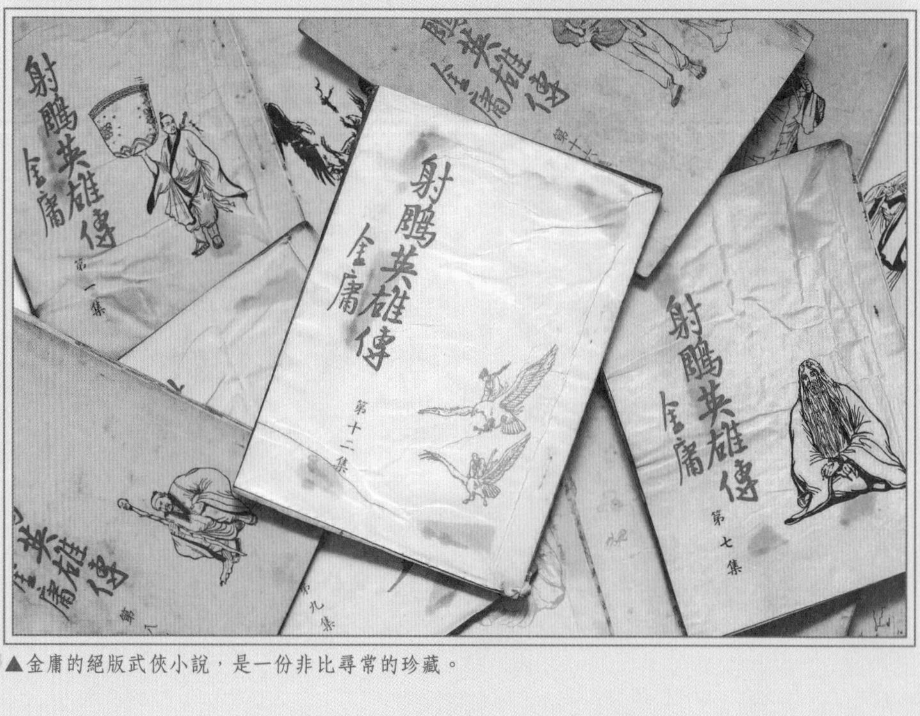

▲金庸的絕版武俠小說，是一份非比尋常的珍藏。

第三回

專訪林燕妮

◆書迷知交成佳話

才女大俠巧結緣

文：朱一心

林燕妮和金庸兩位大作家走在一起，聊天談什麼呢？原來他們都不談寫作，更不談小說人物塑造，走在一起，只管天南地北，投契投入。林燕妮說，她由一名金庸的讀者，變成金庸羅致的作家，再發展為好朋友，相知相惜半個世紀，卻從來沒談過筆耕寫作，但情誼深厚真摯，互相欣賞和尊重。

「我第一本閱讀的金庸小說是……」林燕妮的答案帶點意外。

她中學時代已迷上金庸，與大多數讀者不同，別人先看《射雕英雄傳》又或《神雕俠侶》，不然就是《書劍恩仇錄》，談論郭靖黃蓉，她卻先看袁承志和金蛇郎君的故事，武俠貫穿明末李自成起義的歷史，袁承志面對李自成稱帝後斬大將殺兄弟的悲痛，最後與溫青青遠走渤泥國島嶼——這正是《碧血劍》；人物似乎不及其他金庸小說眾多，愛情也不那麼轟轟烈烈。

然而，林燕妮卻說：「金庸的小說，無論哪一本，你拿上手看，都是停不了的。」不過，才女看金庸武俠，卻沒有躲在被窩拿手電筒偷看的經驗，她和金庸相識半個世紀，重提書院女時代的閱讀金庸初體驗，她優雅地笑說：「我不用深夜偷偷躲在被窩看，因為我媽咪很好，讓我看，我第一套金庸小說還是母親的舊同學傳給我的。我自小愛看書，也愛跳芭蕾舞，我的成長，有足夠時間做自己喜愛的事情。」

那是五十年代末的事，林燕妮是個書院女，就讀真光中學，金庸已是名家，在報上連載武俠小說，並創辦《明報》，這時候的林燕妮父親是著名汽水品牌的香港生產商，林媽媽是書香世代的千金小姐，一家生活優閒快樂。林燕妮說：「我身邊有不少人都有金庸筆下人物的影子，但我 Daddy 就不像金庸人物，他很西化，成個洋人。」一九五五年，金庸小說面世，六十年代初作品出版逾十套，金庸和林燕妮年紀相差兩個年代，作為金庸的小讀者，林燕妮喜愛金庸文采，情義、俠客和男女之情在筆下流露。「那時，我以為我只是他一個讀者而已。」林燕妮說。

小學時代的林燕妮已熱愛寫作，中學就常投稿《香港青年周報》及校園刊物。很多少年投稿的初體驗，都可能是被編輯「投籃」，但林燕妮卻都被編輯選出、刊登。她笑說：「中學時讀真光（女校），旗袍校服（長衫）的衩只開到膝頭蓋！（暗喻走路不能大踏步），在那青葱歲月，一班女生的感情特別好，今天我和中學同學仍然常常聯繫，感情真摯，那時還不是大人，很純真，根本連成見是什麼也不知道，我那時已開始投稿，寫去《香港青年周報》，我是個自我要求很高的人，心裏知道自己文章的水準，從小作文貼堂，師長讚賞。」但她總沒想到後來會成為查良鏞創辦的報章的專欄作者。

有些事，林燕妮說，她是不會牢記的，例如年份，所以她看金庸不會管哪年出版新小說，追着下去：「我不理哪一年出哪一套，我不依次序閱讀金庸，他文筆好，人物好，他的人物都很特別，富有感情，這對小說很重要，我自己也是寫小說的。」這天林燕妮約了記者在文華酒店的咖啡廳聊天，她的出現，令中環清一色黑白套裝的座上客眼前一亮，她穿着米杏色的通花裙，配襯淡粉紅的中褸，手挽紅艷艷的手袋，午後的陽光在細雨過後，格外柔和，又是一個懶洋洋的下午。

兩名作家結緣也在《懶洋洋的下午》——林燕妮平生的第一個專欄登在《明報》副刊。她沒記哪年開始寫，大概是七十年代初吧！兩人都成長於名門望族大家庭，家族人才輩出，金庸家學淵博及博覽群籍，造就他的武俠貫穿地理歷史人物和古今生活；林燕妮則在富裕典雅的生活方式下長大，筆下把上流社會的人物和生活表現無遺。難怪金庸為林燕妮作品集寫序時這樣寫她：「很少會有人把大都市中這些有錢小姐的煩惱寫得這麼真實，拭在真絲手帕上的眼淚，也是痛苦的眼淚。」

代寫專欄　成就《懶洋洋的下午》

七十年代初，林燕妮剛留學歸來，美國加州柏克萊大學遺傳學學士畢業，在美國和香港都找不到這方面的相關工作，她就悄悄地進了無綫電視新聞部工作，機緣巧合在無綫認識外號「簡老八」的作家簡而清。簡老八有九兄弟姐，他排行第八，因此叫「老八」，是當時香港有名的馬評及影評人。有次，簡而清出外旅行，知道林燕妮一直在《香港青年周報》寫作，文章很好，就邀她代寫《明報》副刊專欄三個月，當時才二十多歲的林燕妮，就想了一個很經典的欄名：《懶洋洋的下午》，她的懶洋洋帶着一份優雅，正如她今天閒坐咖啡座，呷着熱朱古力，悠閒優雅細語當年，她很欣賞昔日報紙的副刊，五、六十年代查良鏞那一輩報人，開創的副刊都是作家執筆，文采悦目。

「世上唯一不會變的東西就是變，我們都長大了，人沒有留得住的階段，和過去道別的時候到了，人總得跟着現在走。」（《懶洋洋的下午〈訪舊〉》）

當簡老八旅遊歸來，小妮子的《懶洋洋的下午》本應消失，但林燕妮卻接到編輯的電話：「當時不是查先生打給我的，是編輯打來，邀我繼續寫《懶洋洋的下午》，為我開一個專欄，那時我還未和金庸講過一句話，但心裏很高興，以前寫作都只是投稿，現在是《明報》作家，查先生很緊張副刊的，一定是由他決定讓我寫下去。」

由讀者成為作者，她和金庸的距離又進了一步。但她說，還是寫了好一段日子，才真正認識查先生，友誼是這樣逐點逐點建立。

《懶洋洋的下午》專欄很受歡迎，一九七四年十二月出版成書，很暢銷，一版再版，林燕妮也成為香港著名作家，作品一部接一部，成為華人世界的暢銷作品，以前林燕妮以為只有自己欣賞查大俠，現在也輪到大俠欣賞自己。金庸曾這樣説：「林燕妮是現代最好的散文女作家。」今天林燕妮回憶這番話，説當時對她很大鼓舞。還有一事令她很難忘的，是為《明報》寫專欄一段日子後，她要求金庸加稿費，作家就是作家，答案也充滿散文味道，金庸説，林燕妮不用加稿費，因為她太會花錢，加了也花掉，亦舒也不用加，她不花錢，加了也沒用。林燕妮今天回應得爽朗：「金庸説得很對，我是很會花錢的，亦舒是不花錢的。」對啊！林燕妮不只打扮漂亮，而是穿時裝高跟鞋晚禮服那種：「我媽咪穿衣很漂亮，我是受她影響。」

八十年代，第一屆「香港藝術家聯盟最佳作家獎」由金庸獲得，第二屆由林燕妮獲得，也是在這年代，兩位大作家建立了深厚情誼。金庸曾在林燕妮作品的序言中分享到林燕妮家玩的感受：「有一天晚上，有五六人在林燕妮家裏閒談，談到了芭蕾舞，林燕妮到睡房去找了一對舊的芭蕾舞鞋出來，鞋子好久沒有穿了，但仍留着往日的愛嬌和俏麗。她慢慢穿到腳上，慢慢綁上帶子，微笑着踮起了足尖，on point 擺了半個 arabesque（單腳尖站立的芭蕾舞姿）。她眼神有點茫然，記起了當年小姑娘時代的風光嗎？」

黃霑求婚 金庸證婚

金庸細心觀察，感受女作家眼神的茫然，林燕妮今天卻說：「初和查先生做朋友，我是戰戰兢兢的，他是前輩啊！」後來逐漸打破界限，愈來愈親切，但有些事林燕妮今天選擇忘記，告訴記者已記不起金庸曾為她和黃霑作證婚人；那時金庸執筆為二人寫過一紙婚書，可見金庸視小姑娘如小妹。「我和金庸交情很深，但有些事我都不會刻意記着。他是我一位長輩和好朋友，原先我還以為只能做一世金庸讀者。」她說。

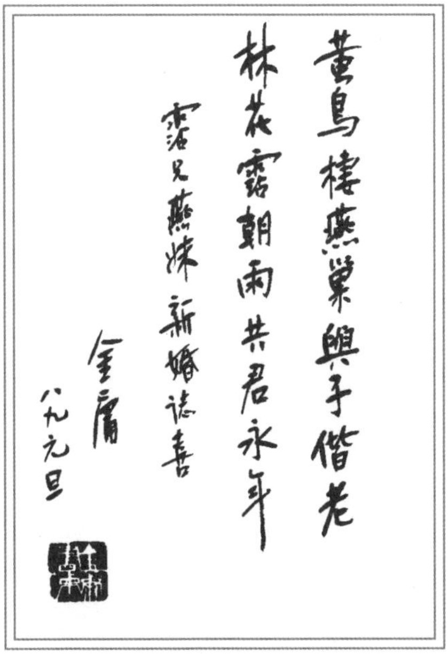

▲金庸當年為黃霑、林燕妮所寫新婚對聯。可見金庸視燕妮如妹妹，兩人交誼甚深。

林燕妮說，金庸是個很懂生活的人，二人天南地北，談得很投契，不過，藝術文化什麼也談，就是不談寫作：「我們交往不少，很投契，和他談天是很開心的，但就是不談寫作，其實作家之間好少談寫作心得。」

▲據《明報》「明虹」版於一九八九年一月六日的刊載，當年大除夕晚，查氏伉儷於酒家宴請老友，飲宴後到查府飲香檳，席間黃霑向林燕妮求婚，在場者除黃霑（右三）及林燕妮（左二）、查良鏞（左三），還有倪震（左一）及李嘉欣（右二）。

才女聲線帶有母親江南人士的柔和，綻放笑容說：「金庸小說有些情節很過癮，愛情也很浪漫，我最喜歡的人物是楊過，喜歡他用情投入，不理對錯，喜歡就喜歡。」不過，若要選男友呢？她卻說：「那我選段譽，他不多心，一生與我相隨，人又本事，情又真。」

半個世紀過去，林燕妮和年輕人分享閱讀金庸武俠的經驗：「我中學時看金庸，記得媽咪話，這是好事，你能從書中學懂一些武俠情義，我從金庸學到很多武俠的道理，我是個很有道德的人，我不喜歡欺負人。」俠客情懷，她更想和年輕人分享的是：「看金庸，年輕人可以學做一個好人。」

懶洋洋的下午已是五時半，林燕妮提着紅色的手袋瀟灑的說再見，坐上的士，留下午後如煙如霧，她道再見時跟記者說，她現在信了基督教，人很開心，生活很安靜，可以很用心寫作。

▲七十年代初，林燕妮成為《明報》副刊的專欄作家，她和金庸也漸漸建立起深厚的友誼。右為二人的好友前廣播處長張敏儀。

▲金庸（右）與鍾士元（中）的合照。

▲金庸（右）與李樂詩（左）出席場合時的合照，兩人相談甚歡。

第四回

專訪陶傑

◆ 金庸武林論盟主
陶傑意氣稱令狐

文：曹民偉

這天風和日麗，在尖沙嘴的小山上論金庸最好不過，陶傑將宏觀政治版圖視作一個險峻江湖就十分精彩。他與金庸頗有私交，一九九一年陶傑應英國 BBC 之約去採訪金庸，隨後更是金庸將這位遊子召喚回香港擔任《明報》副刊副總編輯。陶傑自詡講金庸可以三天三夜講不完，笑論未來香港的青年人，到底應走郭靖楊過那條抗爭之路，抑或是韋小寶那條順應時勢加官晉爵之途？這個早晨，他呷口英倫味道威士忌，為我們從金庸武俠小說指點江山。

「每個男主角都是金庸」

陶傑曾經說過每個男主角都是金庸自己的投影，那個年代很多動盪，像一九六六年中國大陸爆發文革，金庸曾寫過很多政論反對文革，到後來香港發生一九六七年暴動，有稱金庸甚至被下過暗殺令，這些會否都被寫進了他的武俠小說當中？

「首先金庸出身書香門第，後來讀書年代遇上打仗，中學時代在浙江遇到日本投擲鼠疫的細菌彈，令很多同學遇害，他自小就經歷很多這些，見過好日子，也見過很多苦難。相對於一九四九年後的大陸，香港是一個自由的天地，有做生意的自由、寫作的自由、思想的自由、行動的自由。所以在五十年代初期，他就結合了自己個人的苦難經歷，與香港這殖民地的自由環境，寫出一番事業。」

陶傑認為金庸小說展示他自己豐富多元的性格，而這種性格不是沒有原則，而是有主線的，人都是有正義感，崇尚善良自由與美好的一面，相信這些價值都不會變。由武俠小說中第一部《書劍恩仇錄》歌頌一些美好的價值，到了《鹿鼎記》肯定個人的自由，這些主題貫穿其小說，都是他自己不同時期的人生價值觀。

喬峰楊過反抗不認輸

談及張無忌正反映金庸創立《明報》時的心態，陶傑侃侃而論，金庸的小說，最早由一九五五年寫到一九七二年封筆，在這約二十年間，金庸在香港

的個人事業是大幅地攀升，他脫離一個打工仔的命運，開始辦報，剛開始辦報時也開始寫《神鵰俠侶》，他寫楊過這個角色是特立獨行，是很有叛逆的個性，甚至打破禮教規條。他開始有強烈的個人風格，甚至因此被左派視為反動偏激，那時他抨擊大陸的大躍進及原子彈政策，這些都令他遭到左派圈子圍剿，孤立的形勢一直延續至一九六七年香港暴動，他更加被列為暗殺對象，所以《天龍八部》中的喬峰，跟《神鵰俠侶》中的楊過，是一角色的兩寫、一角色的兩睇，都有一種孤憤以及反抗、堅持不認輸的精神，這令他的武俠小說跟別人的不一樣，不只是大俠武功高強，更加有一些立體的心理層次。

▲陶傑與金庸出席二零零六年的香港書展金庸與讀者座談會，氣氛熱烈。

報壇爭雄 借張無忌寫自身

在《天龍八部》以前，他的《明報》已經做得很有規模，一九六六年開始辦《明報月刊》，一九六八年辦《明報周刊》，一九六一至六三年他正寫《倚天屠龍記》，那時張無忌做了老闆／明教教主，通過張翠山、殷素素等一段很離奇的身世，亦都是受到打壓之下，就成為一代明教教主，這是元末明初之時常遇春，亦是群雄並起的時代，同樣六十年代報業出版界亦是各路英雄崛起的時候；而這些種種的氣候正是折射在他的《倚天屠龍記》，他借用了元末明初朱元璋、常遇春、張君寶爭奪江山的時候，出現了個佔一座民間山頭的明教教主／老闆，所以張無忌就是金庸自己。但金庸這個人絕對沒有那種自大，他是借用張無忌寫自己角色的缺陷、性格的缺陷，以及一些希望。他那種受英國文化影響的知識分子有很鮮明的意見，但他不喜歡那種拍案而起講出來，因為他是怕死的，他是一個現實主義者，所以筆下的張無忌亦是這樣的一個人。

他的小說到了《倚天屠龍記》是一個重要轉捩點，就是他推翻了陳家洛、袁承志、郭靖、楊過，這一個系列的英雄，開始向另一個方向走，所以出了張無忌如此有血有肉的人。

▲金庸創立《明報》，再而開辦《明報月刊》及《明報周刊》，在報壇中成就非凡。

左派圍攻 金庸困境恰似喬峰

到了一九六三至六六年他寫《天龍八部》的時候，

一九六六年文革，這時整個左派加上共產黨想要將金庸壓碎，甚至取他性命！這時他被罵漢奸，就像契丹人喬峰由於身分而遭各門派圍剿、誤解、放逐，比起楊過那種偏激孤憤更高一層就是喬峰。

▲一九八八年十一月三十日，幾個大專院校學生在柴灣明報控股有限公司的辦公室外火燒《明報》的副本，抗議金庸為基本法草委。

到了文革結束局勢平定，那時的《明報》堅決主張香港政府鎮壓暴動，當時被左派視為大逆不道、服務建制，他想的自然不是服務建制或者依附英國那麼簡單，他認為這就像曾國藩去剿滅太平天國一般，是去維護文化，因為整個大陸被文革蹂躪，所以這些就是楊過、喬峰的精神，他是靠一支筆來頂住。對於金庸這一個人，就像李安的電影，李安的電影是不講而講，他說你要了解我這個人就要看我的電影，你要了解查良鏞這個人就要看他的小說，還有他的社論，社論就將觀點表達得明確一些，小說就隱晦一些。

文革以後，他開始寫《笑傲江湖》，就是將他做人的主題點出來，寫令狐沖這個人，還有反映文革，裏邊成班岳不群、左冷禪、東方不敗和《葵花寶典》，全部都是文革的魔幻化，其實文革本身都很魔幻，他就在小說中寫出來，這個是批判文革，於是由令狐沖出來跟這個魔幻世界對抗，最後一個人單騎而出，得到他的自由。

陰陽並濟 亂世中保實力

至於《鹿鼎記》的突出，是否因為裏邊有了一種投降主義的心態，他表示，這是由整體金庸小說去看，第一部《書劍恩仇錄》是以反清復明為始，是要起義，甚至要革命，最後一部《鹿鼎記》是寫到向清朝投降為終，這不是他有心從寫《書劍》開始就想到二十年後要寫《鹿鼎記》，是他個人由年輕、壯年到成熟以後，對世界現實的一種更超脫的看法。他不是一個玉石俱焚的人，他不主張殉道，他主張亂世之中自我保存實力，有所妥協有所不見，這種是英國的文化精神，看英國人在那個冷戰時期從來不會跟蘇聯、中共硬撼，但不等於它不反共，英國是一個老牌反共國家，但它不會跟你硬撼，那些由美國去做。所以這些陰柔以及陽剛，叫做陰陽並濟是很厲害的，我們看整個金庸的武俠小說，它的變化多端無非都是陰陽並濟，令狐沖與韋小寶這些是陰型角色，郭靖楊過喬峰這些是陽型角色，當然中間還有一大班虛竹和尚、段王爺，甚至張無忌、歐陽克，這些都是非正非邪，這些都是寫人性寫得很盡。

金庸在小說中不斷自我審問，他對世界及人生有很多東西不明白，但他在寫武俠小說的探索裏，他是一個自我學習以及自我開拓視野的過程，看他的小說像他自己帶着一柄劍帶着我們披荊斬棘，撥開雲霧找出一個洞天出來。他是帶着我們一起去行這個旅程，這是令他的地位成為很高很高，甚至成為莎士比亞的高度。

金庸可拿到諾貝爾獎嗎？

說到 Bob Dylan 都可以拿諾貝爾獎，回頭看金庸的小說在世界文學上是否應有一個席位，陶傑指出，金庸的小說問題是難以翻譯，翻譯得到情節人物，但翻譯不到裏邊中國儒道佛三結合的那個武俠世界。很不幸二十世紀諾貝爾文學獎是由西方文化價值觀做莊，特別是這三十年來是以左翼的人民關懷思想為主流，要同情弱小及彰顯人權、是要說平等，金庸的小說裏有很強烈俠客的主題是要扶助弱小，但當中其他的一些主題例如說女性角色的描寫及地位，拿給諾貝爾文學獎的評審委員看是不會明白的，他們會用西方左翼思想來看，為何將女人刻劃到成為男性的附屬品，為何部部主角都是男人，這樣已經不能過關，但他們不會去了解金庸寫的是中國古代的現實狀況，這些就是西方權力的傲慢。他們那種傲慢往往認為他們那一套就是世界至尊的，是代表一切文明和進步，是優等的。若用這作為唯一的標準來看，這個世界很多創作人的東西是不能夠寫的，連金庸的小說也可以批判，《鹿鼎記》是大男人主義、《書劍恩仇錄》是種族主義、《天龍八部》是大漢主義、《射鵰英雄傳》是美化侵略者，因為成吉思汗是侵略者，華箏公主也是一種浪漫化，你用左翼理論來看，部部金庸小說都不可寫，左翼變了左膠是廿一世紀人類進步最大的敵人，不是右翼、不是 Donald Trump。

談到以金庸的小說來看當今世界大勢，有沒有一些值得我們可以借鑑的地方，陶傑稱，國際關係在某一個層面來看就是一個江湖，中美爭霸、中國崛起想挑戰美國。《射鵰英雄傳》中蒙古帝國滅南宋，這種就是帝國主義，郭靖就是第三世界弱小民族，國家傾亡的邊緣就走出來反抗，這些都有着現代的國際關係；《鹿鼎記》是外族的統治，殖民地的管治是優於漢人的管治，明朝黑暗，外族人管治反而帶入了一個盛世，這些不就是殖民主義，就是對殖民主義罪惡的質疑，全都在裏邊。看金庸小說不只是看打打殺殺，不是看有幾個老婆，那些是很低層次很庸俗的看法。

青年應學郭靖還是韋小寶？

關注到當今香港青年人有很大的反抗情緒，在《書劍恩仇錄》的起義與《鹿鼎記》那種投降主義之間的取捨，他認為，金庸是不會給出一個 model answer（標準答案），而只會在小說世界中有 A 餐、有 B 餐、有 C 餐，這就像外國的教育一樣，身為教師不會告訴你現在應該學郭靖或者韋小寶，而是要你自己由不同的反抗的過程，每一個香港青年人自己去閱讀參透，然後去選擇。就算現在你去問金庸，他都不會告訴你，正如你去問他《雪山飛狐》當中，最尾胡斐那一刀到底有沒有劈下來？這就是在現代世界教育的目的，你不要問我，你去問自己，我只是給 guideline（指南）你，你自己看罷金庸自己融合出自己一套理論，不是你去問金庸要現代的黃絲帶學哪一位主角，學郭靖楊過陳家洛或是學韋小寶？像紅花會或是最後像韋小寶去加官晉爵，去爭取做人大政協，然後榮華富貴去投降，韋小寶其實也不是這樣的人，所以青年人自己看自己參詳好了。

接下來，說到金庸的男主角可以視作不同階段的自己，那麼他費那麼多筆墨去描寫的女主角，是否又是不同時期金庸身邊的女性這一點，他指出，其實這是佛洛伊德壓抑的性心理，一個人感情如此豐富澎湃，他對性愛的渴求也會很強，這不是罪惡，但金庸是一個斯文人，是一個有身段的人，他不可以輕率地去表達，他即使當時已很有錢，他也不會像大陸那些土豪去夜總會左攬右抱。他是一個含蓄的人，即使表達愛意也是很含蓄，他是一個傳統中國士大夫，同時他也是一個好像梵高、但丁那種感情澎湃的人，對性有着一種很大的追求，而活在五六十年代很多不能公開來講，只能化在他筆下的男女主角之間去表達，這可以由佛洛伊德的角度來看。

年長才會欣賞到韋小寶

進一步看今天社會上的政治人物，是否有的可以代入金庸的小說人物當中，陶傑道，每一個人物都有他的養分，一個智慧的人是會將他很多小說主角的優點融為一體，即是多種維他命。但十多二十歲還沒有這種融和的能力，這正是為什麼十多歲會喜歡看郭靖楊過，這些反抗型的正義大俠，到了中年反而能夠欣賞張無忌令狐沖，到老年才會欣賞到韋小寶。其實人生在少年、青年、老年是三個不同的人，你到了六十歲看二十歲時的情信和日記，原來那已是另一個人，這樣才是人生的變化與提升，而不是二十歲跟六十歲是一樣，那是失敗的，二十歲的人是肯拼搏肯 take risk（冒險），這樣才能成功，到四十歲鞏固事業版圖，到六十歲反而要謹慎一些；好像現在李嘉誠逾八十歲了不會再冒進，他會想怎樣鞏固轉移版圖，令他的王國可以存世，不會再像三十歲時砰砰嘭嘭，三十歲時他會穿膠花還親自將膠花交上船，不是說現在有錢不會做，而是心態不同了不會再做。

而，陶傑如今是否也有着韋小寶的心態，他坦言，他不會說自己是韋小寶，因為有很多東西韋小寶看到都不會講出來，他還是會把不滿講出來。原來，其實韋小寶不是他最喜歡的人物，令狐沖才是他最欣賞的，或者楊過也是。女主角就個個都很喜歡！

▲金庸曾是基本法法制小組港方召集人。

▲一九八六年七月基本法草委會政制小組第二次會議在深圳迎賓館舉行。出席者包括李柱銘（左起）、黃保欣、廖瑤珠、譚惠珠，以及金庸（左六）、蕭蔚雲（左七）、魯平（右六）、司徒華（右四）等。

▲一九八六年六月三十日基本法草委會政制小組第二次會議首天在深圳迎賓館舉行，出席者有蕭蔚雲（中央左）、金庸（中央右）、李柱銘（右一）、司徒華（右二）、廖瑤珠（左三）。

▲拍攝於一九八七年九月四日的四名草委會政制小組成員，包括李柱銘（左起）、徐是雄（諮委）、金庸、譚惠珠和李福善。

第五回

專訪蔡瀾

相知相惜更相聚
共慶共懷添共遊

文：劉倩瑜

上世紀八十年代初，《明報》副刊星光熠熠。倪匡在寫《科學幻想小說》、黃霑寫《隨緣錄》、林燕妮寫《紫上行》，還有嚴沁、王亭之與王司馬。一位「小子」由電影界跑過來加入《明報》鐵筆大軍，這位被倪匡和金庸形容為「小子」的，就是後來與金庸、倪匡、黃霑成為好友且被譽為「香港四大才子」的蔡瀾。

蔡瀾在四子中排行最幼，人前人後都十分敬重金庸，慶幸能成為他同世代的人。蔡瀾與金庸相交由《明報》副刊一個專欄開始，當他為慶賀金庸作品問世六十年應約接受訪問，和記者暢談與金庸的往事，也是由爬格子的那些年談起。

蔡瀾十多歲開始看金庸，八十年代初，他開始由電影公司的幕後工作中抽空從事寫作，成為報紙的專欄作家，當時，他希望也在《明報》撰寫專欄，理由很簡單——「因為寫專欄，你不在《明報》寫是沒有江湖地位的」，說畢，他朗聲大笑。

當時蔡瀾不認識金庸，就請在《明報》寫衛斯理故事的倪匡幫忙。「倪匡跟查先生說這個小子也想寫專欄，查先生就說『睇吓喇睇吓喇』。」他記憶中，觀察期頗長，沒有一年都有半載。據沈西城著的《香港三大才子》，劇情有點不同，文中記載，當倪匡一句「讓我想想辦法」之後，「每週金庸請吃飯，倪匡大談寫稿，逢人便讚蔡瀾的文章寫得好。」起初金庸沒插嘴，後來終於忍不住問蔡瀾是誰。看過蔡瀾的文章後，金庸大讚「這麼年輕文章就寫得這麼好，難得難得！」

寫專欄的事由說項到敲定僅兩星期。

獲邀寫專欄過程 兩個版本

沈西城的描述比當事人蔡瀾這天淡淡幾句來得更為豐富曲折。

「快刀二郎一見客人，即刻先下馬威，大喝道：歡迎光臨！抵擋這陣氣的最佳招數是『唔』的一聲，略點頭，從容坐下⋯⋯」（《草草不工》：〈握撮二招〉一九八三年二月六日《明報》）

蔡瀾在《明報》的專欄名為《草草不工》，起初寫的都以日本飲食文化為主幹，之後內容漸漸變得更廣泛。明明是講日本魚生的吃法，短短二百多個字，卻營造出有趣情節，且充滿了俠氣。「我希望在不同地方有不同的風格，在《東方日報》寫的是遊記，在《明報》就寫有結構性的故事。」記者問蔡瀾，他的專欄所寫的故事是真是假，他這樣回應：「文章沒有真和假，只有好看不好看。」。

蔡瀾專欄欄名的由來，是當年他拜馮康侯門下學書法和篆刻，老師就是用這四個字寫了一個印稿給他學刻。他很喜歡，刻出來的方印在報紙也用上。「草草不工」是不工整的意思，帶着謙虛，但當作者談到他多年來在《明報》專欄寫的文章，卻是充滿自信和傲氣的。

「查先生當年認真的觀察良久才讓我開筆寫專欄，但我也是很認真的，沒有被他罵過，沒有教他失望。當年一位副刊編輯說他們做過讀者調查，我的欄是最多人看的！副刊裏這麼多文章，為什麼要看你的？我除了寫好內容，還會注意版面出來的模樣，字粒與字粒之間會不會有太多洞洞呢？洞太多就不好看。」所以他十多年來都要求編輯把排好的版面給他看，確保在適當的地方留白，沒有半個多餘的字。蔡瀾說，如果文章寫得不好，查先生真的會責怪。他說曾經見過查先生鬧人「你無睇書」！記者問：「被罵的是誰？」蔡瀾只笑不答。

因為愛看金庸小說，滿腦子都是武俠情節，蔡瀾也曾技癢私下寫過一個武俠故事。約二十年前，金庸生病要動手術，倪匡的妹妹、著名的小說家亦舒很是擔心，向蔡瀾了解金庸的病況。蔡瀾就將查大俠抗病的過程像武俠小說一般寫下來給她。「看得多都會想學吓，試吓寫，就想到以這種形式寫給亦舒看，寫給她也必須要寫得好看才成……」「那她讀後有沒有讚你？」記者問，「邊個讚我呀？她很少讚人的。」她不罵就當是讚？蔡瀾點頭。

一輪談笑，才不過早上九時。蔡瀾近年都喜歡早餐約會，今天早上吃早餐的地點是九龍城市政街市頂層的大牌檔。比約定時間早一點來到的他，還帶來了兩袋外賣。「這些是印尼人親手做的小食，味道很好，快來嘗一嘗。」除了印尼食品還有另一家店馳名的燒味和大牌檔的沙嗲牛肉西多士、三文治……記者和攝影師都很忙，忙着做訪問，也忙着吃。

金庸盛讚率真瀟灑

跟蔡瀾相處過的人都認同，當他出現，就知道是時候放鬆。金庸在《蔡瀾作品集》中的序文，也談及和這位除妻子以外，一生中結伴同遊、行過最長旅途的好友相處的愉快經驗。金庸在文中寫道：「蔡瀾是一個真正瀟灑的人。率真瀟灑而能以輕鬆活潑的心態對待人生，尤其是對人生中的失落或不愉快遭遇處之泰然，若無其事，不但外表如此，而且是真正的不縈於懷，一笑置之。」金庸說，蔡瀾的「一笑置之」包括對不可口的食物和「太不美貌」的女導遊，他還教金庸怎樣喝最低劣辛辣的意大利土酒。

談到一起外遊，蔡瀾反稱讚金庸是一個不計較、很能包容別人的旅伴。「我喜歡吃古靈精怪的東西，會食黎巴嫩生羊肉，查先生不大喜歡的，但每次外遊他總會跟着我們去吃，這個很難得。有一回去日本，大家都不大愛吃雞泡魚，我又顧着飲酒，結果倪匡一個人吃了八條。」（編按：倪匡在此書〈第二回．專訪倪匡〉中提出他只吃了四條雞泡魚，吃不下八條。）回憶那段一起遨遊的時光，有數不完的樂事。

曾經多次同遊外地，即興飯敘暢飲談天的好友，威士忌的同好，博學的前輩，他口中配得起登上諾貝爾獎台的作家，也是蔡瀾精神力量的泉源。「我沒有習慣請查先生在他的作品上簽名留念，但我每次拍攝電視節目如《蔡瀾歎名菜》、《蔡瀾品味》、《蔡瀾逛菜欄》，總會請他為節目名題字，好像感覺有他題字的節目才會成功。」

金庸作品，蔡瀾多年來重讀又重讀，他自嘲記性差，故每一次重讀都有新鮮感，不管是哪一回的修訂版，都覺得好看。「我沒有像倪匡般認真的研究，研究的文章倪匡寫得很多，我寫得少，只是去讀，去享受它。」所以蔡瀾每次出門，都會以金庸作品作伴。「近來我重讀是透過名為《金庸聽書》的應用程式。有時旅程要坐車，看文字會頭暈，但聽人家把故事讀出來呢就很舒服，一個人可以扮演不同的角色，像從前的說書人，又像媽媽在說故事，邊聽邊休息，三數小時車程很快就過去。這是一個接觸金庸作品很好的方法。」

在金庸為蔡瀾作品撰寫的序文中還有這麼一段：「我喜歡和蔡瀾交友交往，不僅僅是由於他學識淵博、多才多藝，對我友誼深厚，更由於他一貫的瀟灑自若。好像令狐沖、段譽、郭靖、喬峰，四個都是好人，然而我更喜歡和令狐沖大哥、段公子做朋友。」究竟蔡瀾是金庸眼中的令狐沖還是段譽？蔡瀾不打算去猜想，他認為金庸之所以令他着迷不已，是故事中角色的性格，都描寫得豐富入微，是他見過中西作品中所沒有的，日常生活中，每個人身邊總會找到一個金庸筆下的誰誰誰。

不過當記者請蔡瀾選出最喜愛的金庸作品，他終於把自己對金庸作品中人物的投射和聯想公開了。一輪苦思之後蔡瀾選出《天龍八部》，除了角色眾多，故事好看之外，還因為段正淳的女兒，被段譽稱讚其名字「水木清華，婉兮清揚」、面幕蒙臉的黑衣女子木婉清「……她很像我從前的女朋友。」蔡瀾已是從心之年，他其實向來都很從心，要浪漫就浪漫。

▲蔡瀾和金庸相知相惜，當年金庸的好朋友「老刁民」黃永玉在一九九三年舉辦的畫展，查大俠（左一）偕太太（左二）和蔡瀾一起出席。

▲金庸、倪匡、黃霑及蔡瀾被稱為「香港四大才子」，蔡瀾在四子中排行最幼，人前人後都十分敬重金庸，慶幸能成為他同世代的人。

第六回

尋訪沈西城

◆松本雄文於推理

金庸慧眼識西城

文：黃雅婷

沈西城說，查先生曾經為他斟過一杯茶。

那個中午，他匆匆忙忙到《明報》交稿，平日查先生不在公司，那天兩人卻難得遇上，因為《明報月刊》的老總胡菊人要走，金庸回來壓陣。他見到沈西城，把他喚了過來，說：「小葉啊，你要多多支持，多寫點稿。」說完，倒了一杯茶要沈西城喝，他接過來，小口呷着，多少年都記得那杯熱茶的味道。當時他才三十出頭，因為原名叫葉關琦，人人取其姓，都用上海話叫他小葉。

第一次，沈西城就用上海話跟金庸說話，金庸比他年長了足足二十多年，是《明報》編輯毛國昆為兩人牽的緣。七十年代末，沈西城從日本學成回港，於當時《明報月刊》與《明報》國際版擔任日語翻譯，毛國昆找他協辦「中日反霸權」講座，請來日本駐香港的特派員，如《每日新聞》、《朝日新聞》、《產經新聞》的駐港記者到於仁行（現為遮打大廈）開會，金庸是那次會上的嘉賓。

「那時的查先生開始發福，長了一張國字臉形，戴着金絲眼鏡。他不喜歡說話，坐着只是聽，沒有發表意見，後來我才想到大概是因為他的廣東話不太好。」沈西城回憶道。

日文版遲來近廿載

金庸好靜寡言，往後兩人多以書信往來，問起前塵往事，過去書信，沈西城道出了兩件事。在他留學日本期間，認識了日本毛澤東研究權威學者竹內實。回港後，竹內介紹了相浦杲教授給他認識，相浦正在香港大學當做客席教授。有次兩人談天，沈問相浦有否看過香港小說，當時日本人對中國近代文學認識不多，只知道當代文人如魯迅、郁達夫或老舍，於是他告訴相浦，香港有個作家叫金庸。

「我寫了一封信寄到《明報》，跟查先生說有日本學者想看他的小說。他收到信後送了全套小說給相浦先生。相浦看後，急急打電話給我，說寫得真好。我問他有沒有興趣把小說翻成日文，他說好。但這樁事最後卻沒有成事，因為查先生開了條件，說譯稿費用要待書出版了再從版稅中抽，教授不想冒險，最後沒有譯成。」如果當年談成，金庸的武俠小說早於七十年代就已被翻成日版，如此錯過，待到九十年代才由岡崎由美開始翻譯。沈西城說：「現在金庸的小說大多由日本德間書店出版，銷路不錯卻不似在香港般熱賣，想是金庸小說與日本文學流別始終不同，日本的小說不注重情節而重人性，他們不像中國人寫小說時會想一個精細的故事，反而重視場面和人性，像小津安二郎的電影《晚春》，都是簡單得不得了的故事，叫人用耐性解讀。」

第二件事則發生在一九七八年，沈西城在佳藝電視台工作，劇組想製作推理劇場，於是叫他到日本找推理名作家松本清張買下書的版權。去到日本，他住在日本丸之內酒店，在酒店的《文藝年鑑》中找到了松本清張的地址與電話，約好隔天到他的家相談。隔天，他在車站旁買了水果，按下門鐘，甫進大宅會客室已見到一屋派頭，又是象牙又是古玉。待了半小時，松本穿着和服，左手拿着煙支，右手拿打火機，來了。二人相談甚歡，松本又帶他上二樓的書房，讓沈看看他寫作的地方。松本清張是日本名作家，得過芥川龍之介獎、菊池寬獎與日本推理作家協會獎。沈到了他的書房，卻見房中無書，只放了一張書桌，地方極大，地磚冰滑。「松本說，他的書放在大屋的地庫，地庫開了空氣調節，防書紙發霉。我心想日本大作家排場真不是香港作家可比，可是當下不服氣，便向他提到金庸。我跟他說金庸就像日本的司馬遼太郎，他很富有，書房也很大，寫的時代小說（武俠小說於日本稱呼）深深影響華文文壇。」松本一聽，把自己的書題上了金庸名字，交給沈西城，叫他把書轉交金庸。「後來查先生收到很是高興，又寄了自己的書給松本清張，他知我喜歡研究日本推理小說，也就送了江户川亂步的《探偵小說四十年》給我，可惜那題了字的書後來給別人借去了。年少無知也就不知珍貴——如果當時查良鏞和松本清張送的是女星相片，說不定可保留至今。」說罷，他大笑。

金庸沉默是金

後來便是奉茶一事。之後再見，金庸身邊也眾星拱月，沈西城不便叨光，自此二人少了往來。這趟訪問前，他突然收到電話，說查太太看了他在報章寫的短文，為梁羽生與金庸的關係下了個公允的說法，想請他吃頓飯以表感謝。「那次吃飯，我們談到查先生、倪匡和我三個生肖都屬豬，各差十二年！查先生大倪匡十二年，倪大哥又大我十二年，確是有緣。」惟網上資料寫金庸生於1924 年，應屬鼠，沈西城說是查太親口所言，那年頭的人來港把出生年份報早報遲一兩年不足為奇。「我和查先生的私下交往不多，反倒是倪匡，我們年歲比較接近，倪大哥又什麼都能講，查先生太寡言，談不過來。」他聽查太說，查先生在家很少說話，也從未聽到他說誰的壞話，真正懂沉默是金的一個人。沈西城：「查先生愛文人多於商人，尤其欣賞有真才實學，博學又愛看書的人，像汪際先生。查先生不太喜歡我。不是因為我衰，而是說我不定性，小葉心野，不會安靜坐下寫稿。」

武俠不死 奈何無高手

如今的小葉不小，當了快將二十年武俠雜誌《武俠世界》的社長，他現在過的是退休生活。武俠小說最光輝的年代已過，到報攤跟報販說要一本《武俠世界》，老婦從花花綠綠的雜誌中搜索良久，終於找到，書面是塵。沈西城說：「但說武俠小說已死我絕不同意。武俠小說不死，只是再沒有人可以寫得像金庸一樣。如果有人支筆如查先生一半，我敢說此人的書一定大賣。不是時代問題，好的小說一定有人看。就是因為再沒有一個像金庸的作家出現，才是這種局面。」

沈西城不曾認真寫過武俠小說，卻讀遍了武俠著作，對武俠小說發展如數家珍，先不說歷朝遠古著作，沈西城說：「武俠小說自民國初年興起，分有三派：北派、南派和新派。早在二十年代的上海、北京已有人開始寫武俠小說，如平江不肖生寫《江湖奇俠傳》與《近代俠義英雄傳》，又或是趙煥亭的《奇俠精忠傳》，都轟動一時，兩人為北派武俠小說鼻祖。後復有顧明道的《荒江女俠》寫女俠鋤奸，開創了武俠小說的陰柔派別。之後又有民國五大家，但五人的書卻已後繼無力。」

「直至一九四九年，內地變色，武俠小說移植香江。林世榮弟子朱愚齋寫了《黃飛鴻別傳》，深受歡迎，算是南派開始。再到五十年代，吳公儀、陳克夫擂台比武，太極大戰白鶴，轟動港澳，金堯如見勢叫《新晚報》老總羅孚找人寫武俠小說，找來了梁羽生，迴響極好，於是多找一個人，叫查良鏞。」沈西城說，查氏族譜之大，勢力之廣，叫金庸不知自哪聽來了乾隆不是滿人的傳說，便把故事當成藍本，再加上《水滸傳》故事，寫成了《書劍恩仇錄》，如此一鳴驚人，香港始出新派，先是梁羽生後是金庸，第三算到古龍。

世界需要韋小寶

沈西城說：「古龍初初在台跟着諸葛青雲、梁羽生，後來倣效日本推理小說詭秘、幽怨與散文式的寫法，終成一格。」但這新派三大名家，在世的卻只剩下金庸一人，前無古人，後無來者，叫武俠小說從此寂靜。「金庸筆法最雅俗共賞，不會太雅叫人覺得你故作高深，也不會太俗叫人看得不歡喜。」

▲金庸一生輝煌，創造出不少傳奇及成就，真實內裏卻是一個沉默是金的文人。

沈西城說金庸也是營商有道，進退知時的人。他猜金庸收筆前最後作品《鹿鼎記》的韋小寶原型人物為上海青幫傳奇人物杜月笙，二人一樣不學無術卻能進出十里洋場。「韋小寶多人喜歡，不是因為他是小滑頭，而是我們的世界需要的就是這樣的人——不是需要在街上扔石仔的年輕人，也不是需要那一些已經埋沒了良心的所謂愛國商人。」沈西城嘆說。

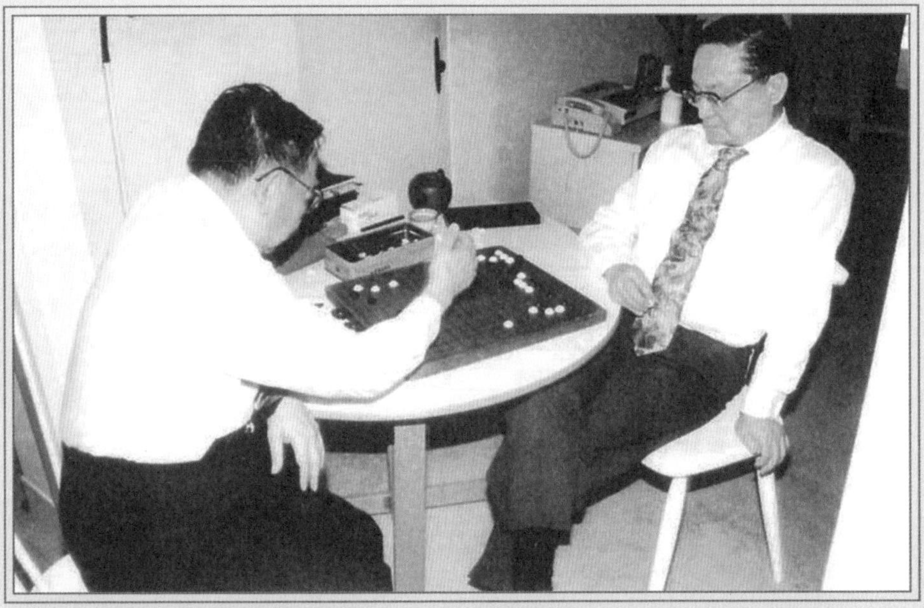

▲攝於一九九四年，當年兩大武林高手金庸（右）和梁羽生（左）在棋盤上對奕。

▲金庸一生精彩，為文壇寫下光輝一頁。

▲金庸（左）、鍾期榮（中）與卜少夫（右）的合照。

▲金庸（左）、蕭蔚雲（右）的合照。

第七回

專訪蔡炎培

御前校對躬耕樂
車後編輯織造歡

文：劉倩瑜

有什麼比做這種訪問更像讀小說、看老電影。今年八十有一，《明報》前副刊編輯蔡炎培，受訪當天如常戴着寬邊帽重臨柴灣明報工業中心昔日工作的辦公室，坐在離職前的座位拍照。可能因為他的詩人身分，他口中的故事，從中環辦公室講到灣仔謝斐道，到北角英皇道南康大廈《明報》舊址，都如蓋着熏黃濾鏡。故事當然還包括蔡炎培作為《金庸作品集》（明河社）指定校對的那幾年歲月。

金庸武俠小說一九五五年問世，當時主要於報刊連載，也有不少正版及非正版的單行本出現。及至七十年代，金庸着手把作品修訂，歷時約十年，收編為《金庸作品集》。

▲一九八九年，明報三十周年誌慶，金庸（右一）頒發「最佳員工長期服務獎」，蔡炎培（右二）與二老闆沈寶新先生（左二）也同場。
（圖片提供：蔡炎培）

除了修訂故事內容及文字，金庸對於回目也十分着重。他特地在其中幾部故事的回目加入由自己創作的詩體，如《倚天屠龍記》的回目是四十句柏梁台體，金庸在《金庸作品集》的《天龍八部》後記寫道：

「曾學柏梁台體而寫了四十句古體詩，作為《倚天屠龍記》的回目，在本書則學填了五首詞作回目。作詩填詞我是完全不會的，但中國傳統小說而沒有詩詞，終究不像樣。這些回目的詩詞只是裝飾而已，藝術價值相等於封面上的題簽——初學者全無功力的習作。」

校對酬金 養妻育兒

金庸在《碧血劍》的回目聯句更曾幾度改動。原本明河社版本的新版（七十至八十年代）的十五及十六兩回分別是：

「纖纖出鐵手，烈烈舞金蛇」和「荒崗凝冷月，鬧市御曉風」

明河社第三版及廣州出版社版本也有不同：

「嬌嬈施鐵手，曼衍舞金蛇」和「荒崗凝冷月，纖手拂曉風」

可見金庸對於其作品集一絲不苟的態度貫徹堅持。

在《書劍恩仇錄》（新版／明河社）的後記，金庸提到「第三次校樣還是給改得一塌糊塗」，特別點名表示對負責校對的蔡炎培、排字領班陳棟及各位工友，「常有既感且愧之念」。

談及《金庸作品集》任校對的點滴，蔡炎培對於查良鏞的一絲不苟記憶深刻。「查先生先在單行本上親筆刪改，他有一個習慣，就是愛把書頁撕下來。哪一頁有改動，就直接送到植字房，回來然後再反覆重看，有時幾乎都要送去印廠了，他還是着我拿回來讓他再看。他不僅對內容的刪修在意，每個字詞的運用他都很考究。例如將『汗毛』改成『寒毛』，將『劍拔弩張』改為『箭拔弩張』（《書劍恩仇錄》）。」

擔任《金庸作品集》的校對，蔡炎培說在學養上增益不少，原來這份差事還有另一重意義。某年新年，查良鏞招待員工到家裏玩，席間大家玩啤牌，蔡炎培輸了一千元。查良鏞看了看他，對石人（《成報》總編輯梁小中）說：「炎培的數入我的好了。」這筆賭債，對當年這名有家小要照顧的副刊編輯，倒是個大數目。

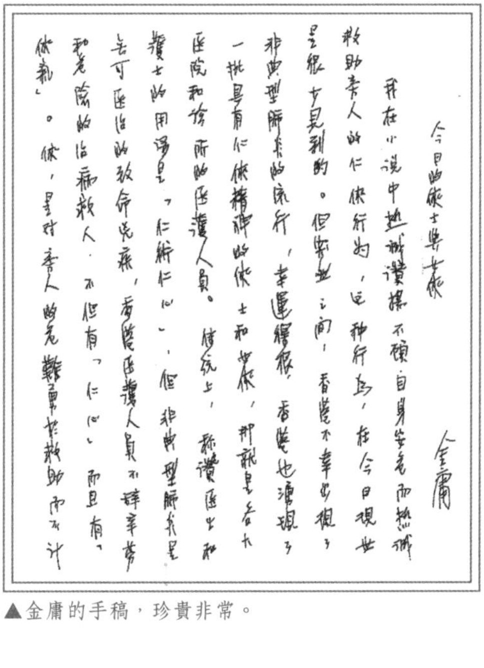
今日的俠士與女俠

金庸

我在小說中熱誠讚揚不顧自身安危而熱誠救助旁人的仁俠行為，這種行為，在今日現世是很少見到的。但[illegible]之間，香港不幸出現了非典型肺炎的流行，幸運得很，香港也湧現了一批具有仁俠精神的俠士和女俠，那就是各大醫院和診所的醫護人員。傳統上，稱讚醫生和護士的用語是「仁術仁心」，但非典型肺炎是無可醫治的致命疾病，香港醫護人員不辭辛勞和危險的治病救人，不但有「仁心」，而且有「俠氣」。俠，是對旁人的危難勇於救助而不計

▲金庸的手稿，珍貴非常。

「那時太太懷第二胎，我對查先生說薪金不夠家用。查先生說他會想想辦法，不久即把正在籌備的《金庸作品集》

給我校對。後來，查先生暗暗找人來傳話：『叫蔡炎培不要再生了，用避孕套！』」在蔡炎培眼中，查良鏞是一位很有人情味的老闆，或許這是他一做就是二十八年的原因之一。

八號風球　上門追稿

「當時『大副刊』的周青師父（編輯鄭玉祥）要找一個助理編輯，於是在《明報》美術部工作的好友蔡浩泉（著名作家亦舒的前夫）收到風馬上推薦我……周青師父只是約略跟我聊了一下。我說，如果你們用得上我，這是你們的光榮，也是我的驕傲。」

一九六六年六月六日，蔡炎培成為《明報》助理編輯。他常常笑說：「這是繼二次大戰登陸諾曼弟之後的另一個 The Longest Day。」

蔡炎培形容自己當時「一派文學青年的口吻」，帶住傲氣去見工的文青獲聘，第一個任務是給讀者回信。「當時副刊有一個專欄《包教曉信箱》，為讀者提供解決各種各樣難題方法，由通便秘、除體臭到不育，每日收二三十封信。」

「讀者來信堆積如山，我上班第一天就處理了百多封來信。」除了把解決問題的秘方寄給讀者，遇上師父休假還要頂上。六七暴動後，周青移民加拿大，蔡炎培正式負責小說和散文共兩個稱為「大副刊」的版面。雖然名義上負責「大副刊」的編務，蔡炎培說，這兩個版的真正主編其實是查良鏞。

「對於選用專欄作者，我從來只有提名權，必須由查先生決定。這麼多年我只成功過一次，就是王亭之。」

找作者不用蔡炎培多費心神，確保作者準時交稿的重任卻穩在頭上。「是故八號風球要戴着鋼盔去上門收稿。」如果作者脫稿呢，他說戴鋼盔都沒有用。

「林燕妮的辦公室在報館不遠處，每次未有稿，我就會跑上去追，也試過我去到她才開筆寫。」林小姐的稿都灑了香水？蔡炎培點頭一笑，讚她寫文速度快。「……就是很喜歡用驚歎號（感歎號），有一次我忍不住開口請她不要句句都驚歎，她果然把習慣改掉。」

詩人即是詩人，談起女作者尤其精神。「記得有一年亦舒為了稿費問題嚷着不寫。當時總編輯打算給她加人工，來問我意見，我說：『要她聲明以後只替《明報》撰稿！』」蔡炎培的建議被雙方採納。沒想到多年後，蔡炎培離開《明報》轉投《新報》，他想把亦舒挖過去，「你忘記我給《明報》簽了賣身契嗎？」始作俑者萬萬沒料到自己會弄塊石頭絆自己。

除了作者，跟蔡炎培合作無間的還有植字房大哥。當年寫稿不像今天，不懂倉頡速成等輸入法也可用手寫板幫忙，當時來稿都是手寫字原稿紙，編輯和負責執字粒的植字房同事眼力差一點都不行。蔡炎培手上的全是名作家，除了林燕妮與黃霑、王亭之、倪匡等，還有林洵、岑逸飛、徐東濱與三蘇，自然一個字都不能錯。

「哪一位作者的字最難認？」記者問，「簡老八！」他不假思索。馬評家簡而清「簡老八」的字被蔡炎培形容為「濃得化不開的簡體」，相對三蘇的「縫衣車式顏體」，雖然大作家們揮筆都帶着強烈的個人色彩，在蔡炎培的記憶中沒有出過岔子，卻險死在查老闆手上。

「當年查先生的社論指定由我做校對，社論通常來得很晚，我把稿交給字房，他們馬上分工一人執一段字，待我校對過就可以下班。有一回，見報後查先生問我為什麼標題的『大』字沒有了。嘩！原來稿子插在尖銳的稿插上，剛好把『世界性的大憂鬱』的『大』字插穿『插走』了……我想了想，問查先生：『世界性』還不夠大嗎？」老闆笑着走回辦公室。

報社為家　醉臥樓台

字房有一個按鈴，用來提示稿來了，這個「叮叮」蔡炎培從來不敢動，該是因為一份尊重。他和字房交情不淺，字房工友晚晚煮夜宵，整個編輯部只有蔡炎培和他的助手獲邀請，天台的走廊有一片小地方，是看更伯伯自製的牀位。後來看更退休就把牀位「送」給他，蔡炎培給它起了個雅號「迎風閣」。有好多個晚上，蔡炎培邊吃夜宵邊飲幾杯，正如他自己招供：「半瓶大麴方才睡着。」某天，蔡炎培患上眼疾，右眼視網膜脱落，當時他已開始《金庸作品集》的校對工作。查良鏞讓他休假，那幾個月，人工照支，連醫藥費也照顧了。時維一九八五年。

作為查老闆的御用校對，很多事情漸漸不用多說，可以心領神會。一九八八年，查良鏞提出「雙查方案」，當時滿城鬧哄哄。某天他得到一個消息——有專欄作者要開天窗，蔡炎培直接向查良鏞求證。「我問查先生有沒有這件事，他說沒有，還着我馬上去通知作者交稿。」蔡炎培說這是他在《明報》最難忘的一幕。

▲查濟民（右）與金庸（左）在八十年代末，提出被批評過於保守的「雙查方案」，圖為當年這兩名基本法草委政制小組成員在廣州結束會議後返港。

蔡炎培三十一歲進入《明報》工作，一做就是二十八年，薪金由入職時二百八十餘元加至離職時不到二萬。雖然他笑言後來去了《新報》辦副刊，「做四年等於《明報》八年人工。」但在《明報》的日子，「做滿試用期加五十元，但要校對鄉土版五條字，客串『自由談』（讀者來稿）一篇十元，查先生首創『一笑會』笑話稿費一元一則，當然還有校對《金庸作品集》每月加二百。」他都記得很清楚。

離職前幾把報館當家，退休後每次返報館應該像回鄉探親。「拍（照）夠了吧！不要打擾同事工作。」昂藏六呎的蔡炎培站起來，嚷着要走。

一九五九年五月二十日　星期三　MING PAO　農曆己亥年四月十三日　(1)

明報

美國「展望」雜誌載

一個美國人在中國

—地球上四分之一人口的真象—

為什麼我到中國去？

我看到了甚麼？

為什麼我發愁？

發刊詞

「公正　善良　活潑　美麗」

香港床位住客五十萬

上床閨女　下床寡佬

銀色消息

明報創刊紀念

峨嵋影片公司敬賀

▲金庸於三十五歲時創立《明報》，創刊號於一九五九年五月二十日出版，發刊詞提到信條是「公正、善良、活潑、美麗」。

▲一九六九年五月，明報創刊十周年紀念，前排金庸（左五），他的同學兼合伙人沈寶新（左四）。

▲當時新任駐港美國新聞處長柯魯（左二）於一九八六年造訪《明報》，為當時社長的金庸（左一）和副總編輯吳靄儀（右一）一同與他會面。

◀▼金庸當年創立《明報》，堅持「文人辦報」的精神，為報壇寫下一個光輝傳奇。

第八回

專訪李純恩

◆為文門路當巧熟
寫作絕招自甘傳

文：劉倩瑜

「老頑童」周伯通與晚輩郭靖結拜為兄弟，「東邪」黃藥師與楊過一見如故。金庸筆下有不少忘年之交，在現實生活中，他也有不少後輩朋友。李純恩認識金庸時，才三十未滿，二人卻可以坦率交心；前新聞主播張宏艷比金庸年輕四十多載，卻常常獲邀參加他的好友聚會，席間獲得大俠寫作上的啟蒙。

金庸館開幕，館方邀請李純恩與陶傑出席「金庸其人與故事」交流會，二人在台上談到與金庸相處多年的軼事。「九十年代《明報》計劃上市，傳媒吹風說查先生身家二十億。」李純恩曾八卦打聽金庸的身家，金庸卻笑着反問：「如果有二十億的是你，會怎麼辦？」

記者專訪時問李純恩當時如何回答？「我告訴他：『如果我賺到一億，就不會去追求更多財富，所以我是不會擁有二十億的！』查先生笑了笑，並沒說什麼，或許覺得這個年輕人真沒出息。」

▲李純恩雖是晚輩，但得金庸坦率交心，成為忘年之交。（圖片提供：李純恩）

重金禮聘 一等再等

李純恩在一九八六年認識金庸，九一至九三年在《明報》任職副刊編輯主任，他與金庸既是僱主與員工，也是朋友，多年來，李純恩看到武俠小說大家嚴肅認真的一面，更多是他輕鬆幽默的一面。這位大自己三十年的前輩朋友，在生活上也教了他不少功課。說到李純恩對於金錢的看法，早在二人初相識時，金庸應該已經頗能掌握。「八十年代中，查先生正為《明報》副刊星期日版籌備改版，想出以全粉紙印刷封面，內頁是明星大海報，都是當時得令的大明星如鍾楚紅、林青霞等，成本高昂但印刷效果亮麗。他需要物色人手，王世瑜（曾任《明報》總編輯）把我介紹給他。」

其時，李純恩是《城市周刊》的總編輯，李純恩二十歲由大陸移民來港後，就開始讀金庸小說，當他知道金庸有意聘請他就馬上答應了。「他問我當時月薪多少，我說六千八百元，後來他回覆我，開出的月薪是六千八百元前面多了一個『一』字。」月入多一萬元，那是上世紀八十年代，本來一切都落實了，但當時的老闆李文庸極力挽留，基於道義，李純恩決定留下來。「我跟查先生說，錢對我不是不重要，但李先生帶我入行，在義氣和每年多賺的十三萬之間，我選擇了前者。你的小說也是講義氣的！」

不能當全職員工，李純恩被金庸邀請當兼職，每周開會一次，一個月後，他收到跟《城市周刊》正職一樣的報酬。那時開始，金庸和友人飯敘常邀請他。約三年後某天，李純恩在金庸的家作客，大伙兒圍着飯廳的大圓餐桌談得熱鬧，金庸對李純恩說：「純恩兄，我們筆談。」然後把字條放在餐桌的轉盤上，一下子轉到李純恩跟前。

「查先生問我當時的薪金多少，給我開出比三年前更理想的待遇。不過我還是因為同樣理由推卻了。」直至九一年，《城市周刊》被收購，李純恩安然引退，到《明報》擔任副刊編輯主任。「當時，查先生在工作上曾這樣指導我：『李純恩，你得將副刊版面視為一台京戲，集齊不同角色，青衣花旦小生樣樣皆全，這樣才會演得好看』。」

透過工作，李純恩認識了金庸相識於《大公報》年代的好友黃永玉。當年澳門流行比武打擂台，報紙的報道沸沸揚揚，十分轟動。《新晚報》的總編輯羅孚提議不如撰寫武俠小說響應，梁羽生第一個舉手支持，於是《龍虎鬥京華》面世，金庸見狀亦躍躍欲試。當時與金庸在同一個辦公室上班的黃永玉曾跟李純恩說：「大家都懷疑查良鏞文質彬彬怎懂寫武俠小說，他只是笑笑回應，然後默默完成第一部作品《書劍恩仇錄》。」

當年李純恩跟專欄作家簡而清很熟，記得簡老八說過金庸初到香港時在中區纜車徑租房居住，他是房東。「查先生在家裏寫作時，總是很安靜，一天寫好一段，寫完會開心得吹起口哨。」

愛恨分明 喜怒不形於色

在報館，李純恩見到的是滿有威嚴的金庸，同事入他房時均戰戰兢兢，猶如面聖，他走進金庸的辦公室，很多時卻是輕輕鬆鬆的閒聊一下。李純恩說，二人年齡相隔三十載，卻可以直來直往，實話實說。「有一次我知道查先生準備去新加坡，我告訴他在當地也有一些熟朋友，可以介紹給他認識。他說：『只要我願意，我可以交上很多朋友，但我的朋友已經足夠，不需要交新的了。』」李純恩說，金庸最不喜歡別人沒禮貌，試過在公眾場合或食肆，有人走過來狀甚老友的搭着他臂膀，他會一手把對方推開，反之，如果遇上並不相識但有好感的，金庸並不介意主動上前跟對方握手交談。

▲李純恩與金庸兩人相知，情份難得。
（圖片提供：李純恩）

金庸在報館工作的時候嚴肅認真，與李純恩私下卻是可以輕鬆聊天的好朋友。

李純恩眼中的金庸，說話不多，卻總是一語中的，「平常別人向他請教，他慣常先回一句『我諗諗』，還多半以口形示意不發出聲，然後才慢慢回答」。在玩啤牌遊戲時，他更是喜怒不形於色，對手永遠不會知道金庸手中的牌好不好，憑着這一點，金庸的勝算也就比他人高。

自家製小雲吞孝敬大俠

相識多年，李純恩談金庸，大家相處的片段多得數不盡，當中最難忘的有幾個片段，包括某年他替金庸在一年內賣出三部小說的電影版權，然後金庸把賺到的錢，請好友們去旅行的那一趟愉快時光，還有一幕應該也在其中:「一九九四年，我爸爸過身，查先生向來不慣早起，那天他和查太很早到了靈堂，他們逗留了很久。」最後還有這一幕：「當年我意興闌珊告訴他決定離開《成報》，他馬上約我出來吃飯，在座還有他一位懂看面相占卜的朋友，席間為我説解『前程』。」

從前很喜歡請朋友出外吃飯和旅遊的金庸近年鮮有外出，李純恩説，朋友到他的家探望，他會很高興。「所以我一有空就會去看看他，告訴他我的近況，我開畫展，也有告訴他。有時還會帶一些他喜歡吃的去哄哄他。」原來在小説中經常炮製美味佳餚的查大俠，私下很喜歡吃精緻的上海小雲吞，大的他不喜歡，李純恩就帶些自家製的小雲吞，去滿足這位亦友亦師前輩的口福。

（圖片提供：李純恩）

▲是為文學泰斗及明報社長的金庸，平時予人莊嚴威風的感覺，私下亦有精靈機智的一面。
（圖片提供：李純恩）

▲倪匡與金庸一起走過了六十個年頭，當中的情誼，盡在不言中。
（圖片提供：李純恩）

▲▶李純恩與金庸雖是前輩晚輩，但常常聚首一堂，相處時輕鬆愉快。
（圖片提供：李純恩）

（圖片提供：李純恩）

▲▶李純恩認識金庸時三十未滿，卻彼此相知相惜，實在是難得的緣份。
（圖片提供：李純恩）

第九回

喬靖夫擁前浪

天朝寶地俠客嘯
絕學三招靖夫吟

文：喬靖夫

身為一個寫小說的人，我一向都不太想為其他近現代小說作家寫長篇評論或分析。這大概源於一種個人的固執：寫小說的世界就是個武林，每個小說家彼此都是競爭者。即使文學是多元的，沒有如武鬥般分明的決戰與勝負，但那競爭較量的本質並沒有改變，因為大家都棲身於同一片戰場上。尤其當大家都同屬一個語文世界，而又寫類近作品的話，這處境就更明顯。

「看武俠看金庸就夠」

不管是多麼崇敬的前輩；已逝或在生的；現役還是已封筆的……對於別人的作品和成就，無論如何讚歎，一個有骨氣的小說家，在心底最深處，還是不會抹殺有天能並駕齊驅甚至超越對方的可能；當別人交出優秀得令人無法躲避目光的作品時，小說家最好的回應不是評論，而是用自己的作品。這麼說也許有人認為我很狂傲。但是這種秘藏的傲氣，這種永不為自己設限的想法，我認為只是一個小說家最基本的要求。

然而金庸前輩（敬稱下略）是一個例外。在我所身處的武俠小說世界裏，金庸是一座無人能夠逃避的大山。這三四十年裏如果有人寫武俠小說，然後說自己完全沒有受到金庸的影響，那是十成的謊話；如果有人寫武俠小說，然後說自己從來沒有憂慮過怎樣在金庸已經牢佔的大片領土以外的空間裏生存，那同樣是百分百騙人。

——事實上在二十年前我剛出道那年頭（也就是九十年代中期），金庸小說受推崇的地步達到高峰，「看武俠小說只看金庸就夠」成了不少人的泛論。結果當年我初出道時選擇不去寫純正的武俠，而用了武俠的元素去寫了好些其他類型小說。

此所以，寫金庸，我沒有上述那些顧慮。

說故事能力勝取巧妙招

「你最佩服金庸小說哪方面？」這是許多次接受訪問時都會碰上的提問。而我的答案總是一致的：說故事的能力。金庸說故事厲害的程度，是你隨便拿起他哪本小說的哪一集，隨便翻開哪一頁，他就有本事吸引你看下去。而且是一直看下去。

每次我都這麼答，但結果出來的訪問稿很少會重視我這個答案，有的簡短一提，有的略去不說。這我當然明白，「說故事的能力」從字面上看是多麼平凡又陳套，多麼的「外行」。

不過我可以跟你說，對於寫小說的人，尤其寫通俗類型小說的人來說，「說故事的能力」這六個字的分量，重得足以願意拿靈魂去交換。

我深信，金庸這種說故事的能力是天分。當然任何人願意的話，還是可以長篇大論地分析他怎樣吸收中國傳統章回小說、近代白話小說、西洋小說以至現代電影戲劇的敘事技巧。但是能夠融合這些影響，而成為一套圓融的小說語言，在敘事與寫對白時準確地拿捏輕重分寸，在文字情節之間產生一種順暢無比的呼吸節奏，以致能夠這般輕易令讀者融入沉迷——這種獨特的能力，某程度上無法複製。就像咖啡因和尼古丁可以令人上癮，那是由自然決定的。

每一個能冒出頭來的作家當然都各有天分。而金庸最大的天分就在極度厲害的說故事能力。這是他取得絕大成功的最重要條件——不是什麼驚人的奇詭秘劍，而是排山倒海迎面擊敵、「王道正宗」的降龍十八掌。我是這麼看的。

天分沒法學來，你只有去嘗試，然後看看自己是否也有、有多少。但如果問金庸這長處對於我寫作有什麼啟發的話，那就是：創作不要只想靠什麼取巧妙招，不要把希望都寄託在計策點子上。想有機會成就大作，就得走大路，正面向讀者挑戰。

金庸小說所構築的武俠世界，某程度上好像成了近代武俠小說中的「定制」。他所寫的少林武當峨嵋華山派，又或者丐幫等組織，雖然並非其始創（有的真實存在，並且在民國時期武俠小說中早被描繪，好些設定和細節金庸都繼承使用了），但這些門派幫會最深入民心的形象，仍然是金庸所寫那一套，甚至已經被一些武俠迷視同金科玉律。

我寫《武道狂之詩》是基於武俠傳統，也用了同一堆門派，但設定卻與「金庸版」大不相同，例如峨嵋派就不是全女班，不用劍而擅用長槍（這是基於真實武術歷史的設定）。為了突破武俠迷因為慣看金庸而建立的「定見」，我在小說裏要特別花加倍的工夫和描寫篇幅去「再教育」讀者。

這常常是現在寫武俠的同道面對的一大困難：武俠小說裏必定要建構武林系統，可是直接承襲金庸就顯得沒創見，徹底創作另一堆新門派又欠缺根基，難令武俠迷投入。我想我算是找對了一個方向：門派是原來的，寫的角度不一樣。現在回想，金庸當年從民國武俠所寫過的東西裏，提煉出屬於自己的武林系統，其實也是一樣。

緊扣國家民族　寫人性接地氣

跟別的武俠作家比較，金庸的武俠世界有個偏向：武林為主，江湖味較淡。可能是跟出身背景和興趣有關吧，金庸似乎很少着力描寫市井草莽的黑道江湖生態（這方面與古龍是兩極），我想來想去最有黑道味的人物，可能要數到《飛狐外傳》裏得了兩頁胡家拳經刀譜成了橫行劇盜的閻基。其他掛着匪盜身分的人物如田伯光等，實際只是獨行的邪派高手，嚴格定義是武林人多於江湖人。

金庸寫的幫會不少，如「天下第一大幫」丐幫的地位就非常吃重，但如果細心看你又很難區分他筆下的幫會與門派，像丐幫有師徒授武制度，有自己傳承的武功（降龍掌法與打狗棒法），以武藝決定幫主地位，怎麼看都更像一個武林門派，多於像為功能而存在的幫會結社。金庸小說描寫的教派亦情況相似，比較像武林勢力多過宗教團體，《倚天屠龍記》裏的明教好歹還有「焚我殘軀」和波斯明教的情節，《笑傲江湖》的日月神教則連信什麼神有什麼教義都不甚了了。

可以斷言說，金庸其實比較集中寫武林。而金庸的武林又往往是政治的象徵。武功絕學和兵器，是門派團體裏的權柄；練武之目的帶有功利，從解決個人和家族恩怨、獲取權力到伸張國家民族利益不等。

我說金庸小說裏的武功是為了「功利」存在，並非貶意，相反這其實是極為合乎通俗小說的安排：私與公的結合，把力量用於超越個人的意義上，這樣的設計總能令讀者更容易投入和關心角色的命運。

這是金庸教給我的第二課：即使是寫如何孤傲絕世的高手，仍不能疏忽他與社會人間的關係；幻想的故事，還是不可脱離人性。讀者不會滿足於看着一群神仙跑來跑去。

推崇隱逸思想　變奏無限傳奇

相比起古龍常寫東瀛白衣人和西門吹雪這類為武而生、以武求道的「劍神」型人物，金庸筆下的武功和武林因為有這「功利」性質，也就較少描寫角色單純地享受和沉迷武學（反而棋癡樂癡等倒是不缺）。

不過少也不代表完全沒有，有兩個令我印象較深刻的都是上了年紀的角色，一個是《笑傲江湖》的風清揚，另一個是《倚天》的張三丰。金庸寫兩人時，不約而同都透過向主角授藝的滿足感，來表現他們對武學的沉醉：風清揚得以把着重概念與自由發揮的「獨孤九劍」，傳授給心性灑脱的令狐沖，其樂無窮；張無忌迅速領悟「太極拳」意念重於招式的要訣，「忘記」才是真正地學會，也令張三丰大感欣慰。金庸以學武傳承的過程，表達獲得知音的歡愉，從而呈現兩位名宿視武功如同藝術的態度。

風、張兩個角色的共通點是年齡和輩分甚高，超然於武林制度以外，已然屬於隱士（風清揚不必説，而張三丰也顯然早已將武當派實際管理交給弟子「武當七俠」）。金庸筆下的武林若是政治角鬥場，他心目中最理想的結局則必然是脱離政爭，退隱山林。也只有退隱之後，才有單純地「享受」武藝的餘裕。

這推崇「隱逸」的思想，在金庸愈後的作品就愈明顯（或許是受寫作當時政局的影響？），從楊過到令狐沖到韋小寶皆如是。經歷千山萬水後領悟得道、脱離凡俗的過程，常是傳統中國通俗小説的背後主題，如魯智深浙江坐化、孫悟空成「鬥戰勝佛」以至賈寶玉看破出家，命運路線都有類似方向。這樣的安排和結局方式滲透着哲思，令讀者感覺圓滿功成之外，又充滿餘韻感嘆，因此我認為金庸是有意識地跟隨這傳統思想和佈局，但又變出完全屬於自己的一套。

這是金庸為我上的第三課：不必逃避已經説過許多次的故事和主題。每個故事主題，其實都有無限種述說的方法。

提煉金庸寶藏　衝破武俠定見

我跟很多寫小說的人一樣，年輕時不免會想，已有太多名家珠玉在前，餘下的創作空間好像沒有前輩們當年般多；到我走這條路愈久方才明白，前人留下足迹和傳統，換個角度看，其實是座豐厚寶山，遠多於攔路的大山。走不走得過去，看你找不找得對路。

至於問：以後有沒有人能寫得過金庸？

那根本就是一個無聊的問題。

■經典與新派

金庸與喬靖夫的武俠小説，顯現兩種非常不同的風格，無論在武林江湖的界定、人物角色的設置與插畫造型，以及武藝武器的出場，都各異其趣。

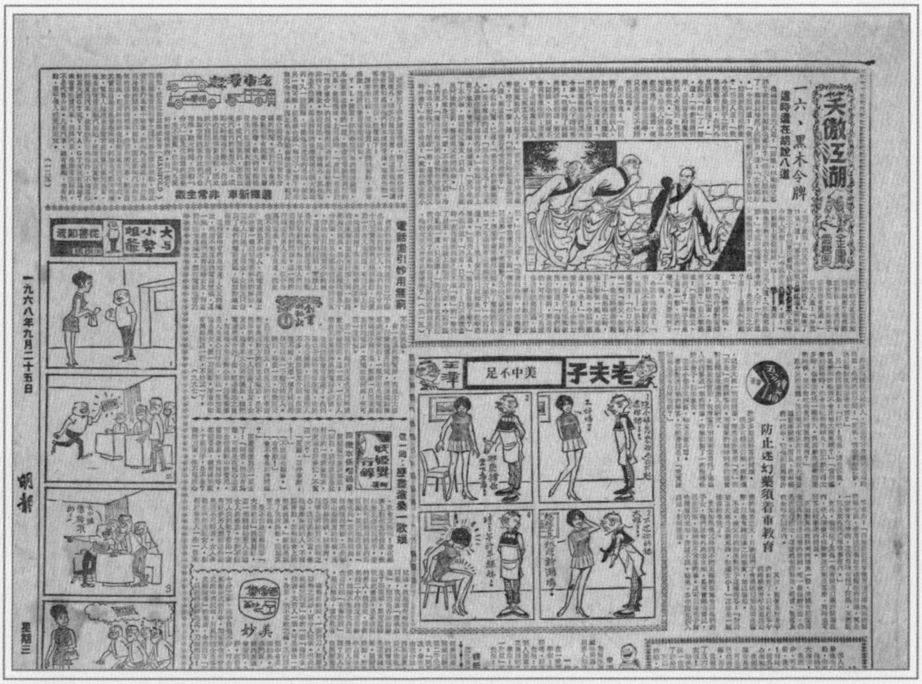

▲圖為一九六八年九月二十五日《明報》小說版，內有金庸小說《笑傲江湖》連載小說（右上）、王司馬漫畫《大小姐與契爺》（左）、王澤漫畫《老夫子》（中右）。

一九五九年五月二十日　星期三　農曆己亥年四月十三日　（3）

神鵰俠侶

金庸

雪君插圖

一：深宵怪客

「越女採蓮秋水畔，窄袖輕羅，暗露雙金釧。照影摘花花似面，芳心只共絲爭亂。雞尺溪頭風浪晚，霧重烟輕，不見來時伴。隱隱歌聲歸棹遠，離愁引着江南岸。」

這一首「蝶戀花」詞，是北宋大詞人歐陽修所作，寫的是越女採蓮的情景，雖只寥寥六十字，但季節、時辰、所在、景物，以及越女的容貌、衣着、首飾、心情，無一不描繪得歷歷如見，下半闋更是寫景中有叙事，叙事中夾抒情，自近而遠，餘韻不盡，的是大詞人手筆。

看官，歐陽修在江南為官甚久，是以江南風物，盡如藏之胸中一般。想那江南春日楊柳，初夏櫻桃，端是令人迴腸蕩氣，而秋水盈盈之時，小溪中紅裳少女共採蓮子，那情[illegible]更是醉人如酒。

且說南宋理宗年間，江南湖州有一個小鎮，叫做菱湖。時近中秋，荷葉漸殘，蓮肉飽實，鎮旁小溪之中，有五個少女坐着小船，和歌歡笑，盪舟採蓮。這五個少女中有三人是十五六歲上下，另外兩個卻都只有九歲。這兩個幼女是中表之親，表姊姓程，單名一個英字，表妹姓陸，名叫無雙。兩人只相差半歲年紀，可是程英秀雅文靜，陸無雙卻是十分的活潑，兩個兒性格截然不同。

那三個年長少女唱着歌兒，把小舟從荷葉叢中盪將出來。程英道：「表妹你瞧，這怪老伯伯還在這兒。」說着伸手指向[illegible]下的一人。那人滿頭亂髮，鬍鬚也是蓬蓬鬆鬆如刺蝟一般，鬚髮都是油光烏黑，照說年紀不大，可是滿臉皺紋深陷，卻似個七八十歲的老翁。他所穿的衣服更是奇特，上身套着一隻千穿百孔的麻袋，下身卻穿了一條九成新的錦緞女褲，褲腳邊兒上還綉着一對對的小蝴蝶。他右手拿着一個小孩兒玩的搖鼓，不住價咚咚的搖着，雙眼向前直呆呆的凝視。

陸無雙道：「這瘋子在這兒坐了三天啦，怎麼肚子不餓？」程英道：「唉，別叫他瘋子，他聽見了要生氣的。」陸無雙道：「他生氣那才好看呢。」從小舟中拿起一個蓮蓬，往那怪人頭上擲了過去。

小舟與那怪客相距約莫八九丈，陸無雙年紀雖小，手上勁力竟自不弱，這一擲也是極準，程英叫了聲：「表妹！」待要阻止，已然不及，只見那蓮蓬挾着一股勁風，逕往怪客頭上飛去。那怪客頭頸一昂，已咬住蓮蓬。（一）

▲圖為《明報》創刊號（一九五九年五月二十日）刊載的《神鵰俠侶》第一回，插畫為雪君所畫。由這天開始，金庸於《明報》連載小說，一直至《鹿鼎記》於一九七二年完結，歷時十三年。

第十回

專訪沈祖堯

仁義濟世今從古
俠醫懷人假亦真

文：朱一心

香港中文大學校長沈祖堯醫生，少年時代沉迷金庸小說，今天作為醫者及學者，從專業角度看金庸的武俠醫術，心裏仍然驚訝於作者的博學，從黑玉斷續膏、七蟲七花膏到虛竹為阿紫換眼，武俠醫術亦真亦假，貫穿史地、文化和俠義。

然而，不管喬峯如何武功蓋世，黃藥師如何醫術高明，在沈校長的內心深處，金庸小說，是那份永誌難忘的人與人的情義，師徒的情義、兄弟的情義……他說，都久違了。

沈祖堯少年學子時沉迷金庸小說，沉迷的程度，是着實停不了。他笑說：「我是拿着電筒仔，晚上躲在被窩看的那種少年。」他說自己是中學一年級暑假開始學人看武俠小說的，第一本是《射鵰英雄傳》，除非不看，一旦看了嘛，就……「連上廁所也不想！」他說。

這天校長剛在三十多度高溫，帶着訪客參觀中大校園，「身水身汗」回到位於中大行政樓的校長室，他果真是西醫出身，一坐下就喝冰水，說起金庸武俠初體驗，他一臉愉快：「我最初看的還是連環圖書仔（小人書），跟着不得了啦，郭靖是否會死呢？很快我就轉去看小說，看完《射鵰》，就看《神鵰》，跟着一套接一套。」總共十五套，由中一迷到中三，數年間全部看光，有數套還看了兩遍，那正是他最愛的《射鵰》、《神鵰》和《書劍》。

▲金庸筆下英雄無數，真人也如此莊重威風。

怎麼能看得這麼快啊？「是，我『啅啅聲』地看，真是停不了，主要是小說中的人物，令人代入其中，看《射鵰英雄傳》時，我就代入了郭靖，他傻呼呼的，但成就大英雄，豪情俠氣，我想，我也是笨笨的，但只要我能虛心學習，長大後我也可以變成郭靖。」

沈醫生兒時也「懂」點穴

少年時光過去，但武俠的影子常在心間。有人說，金庸的武俠令他尋覓歷史，又有人說，金庸的武俠令他延伸閱讀，開啟地理與文學之門，校長卻說，武俠不曾令他閱讀了特定的一本書，武俠卻影響着少年的心靈：「我覺得是有一些東西埋藏心底，影響着我的成長，好像楊過遇到這麼多挫折，都能成為大俠，我們不至於像他失去一條臂膀這麼『大鑊』，但對於青年人，每遇挫折，武俠中的大俠都曾給予我鼓勵。」

跟着他說笑：「愛看金庸武俠，也因為愛情故事很浪漫啊！你看，楊過愛上姑姑，二人孤男寡女練習玉女素心劍法。」校長隨性背起：問世間，情是何物，直教生死相許……這些年過去，只要談起金庸，華人總有着這份共通的情懷與語言。

許多藥名及醫術，今天已成為我們生活的流行語，好像易筋經、黑玉斷續膏、七蟲七花膏……他笑說：「好像黑玉斷續膏，你聽名就知接駁筋骨的藥，好像七蟲七花膏，你就感到會令人產生幻覺，於是，這一切都給你很大的想像力。金庸先生很是厲害。」

還有大家兒時熱愛的點穴功夫「一陽指」，你追我，我追你，點穴就點停你，醫生校長說：「我們雖然不信點穴，但小時候就會玩點穴遊戲，書中的內科，例如草藥、太極、氣功及針灸，在華人社會深入民間。好像太極，真能幫助身體運動，又好像氣功，我們不大了解，身體內有一份 energy 在傳來傳去，不少人正在研究，就算針灸，我也親身體驗過。又例如，書中以毒攻毒，其實現代有些藥的概念亦如此，例如化療藥物、標靶治療藥物。」他停一停，笑說：「其實你看看醫生開給你的藥物，時常都寫着毒藥，Poison。」

校長原來一直有坐骨神經痛，發作起來非常痛：「有時，連下牀也辛苦，有次我去做物理治療，治療師問，教授你試不試針灸，那時我很痛，什麼也試吓，但我說：『你不要針我的脊椎。』」治療師在教授手背針了兩針，引用金庸小說的話，就是半炷香時間過去，教授就感到：「果然，痛消失了。我落地自如。」他說，他是讀番書的，醫療效用都要根據雙盲測試法（double blind test），即是一組病人接受真實的治療，另一組病人接受假裝的治療，兩組人都不知自己孰真孰假，最後計算出醫療的效果。沈教授經歷那次針灸後，感到中醫學當中確是有真理，只是我們的醫學（西醫）未能完全了解。

金庸小説的刮骨啜毒治療傷口，沈教授指出：「那不就是跟西醫的外科相似，都是刮去死去的肉和發炎部分，中毒要啜去毒汁，至於《天龍八部》中逍遙派的虛竹替阿紫換眼，這個就更厲害，這不就是 transplant（器官移植）嗎？」

把眼睛換給阿紫這位狠毒女孩的，是癡情漢游坦之，但阿紫愛的是一夫當關的大俠喬峰，為阿紫施行高明外科移植手術的是出世入世的虛竹和尚；兒女情長，武功蓋世，引人入勝，殺人神醫平一指與不染塵世俗氣、心地善良的虛竹和尚，金庸筆下，許多醫術和人物精彩絕倫，然而，最後在沈祖堯教授心中沉澱的，至今仍是深深感動他的人物情義。

「這樣的情，今天還有嗎？」

「我認為金庸小説最可貴的，也令我感受最深的，是貫穿故事的情義，你看《書劍恩仇錄》，一眾兄弟夜救四哥『奔雷手』文泰來，而十四當家為救兄弟燒燬容貌，他原本俊俏不凡的。」

可以為兄弟之情而犧牲，豁出去。沈祖堯問讀者：「這樣的情，今天還有嗎？今天我是老師，還有人談老師和學生之情嗎？」

校長室是一個長長的辦公室加一個會客的小偏廳，牆上掛了多幅字畫，校長帶記者走了一圈，讀起楊慎豪情磅礴的「滾滾長江東逝水，浪花淘盡英雄……」

「你看，香港二零零三年沙士時期，多少事在爭論，病房是否要關閉？是否要用這種抗生素？過幾十年還不是：是非成敗轉頭空，青山依舊在，幾度夕陽紅……我年紀大了，經過大風浪，才有這感悟。」

走過沙士的風浪，走過當醫生還是當校長的掙扎，他記得那年跑去問大學啟蒙老師——達安輝教授（Professor David Todd）：「我們叫他達爺，我最尊敬的老師，現年八十多歲，在港大教學四十年的老教授，香港現時三十歲以上的醫生，我想無人不認識他，我欣賞他一生奉獻給醫學教學，不求名利，兩袖清風，瀟瀟灑灑。」沈教授就感到達爺像《射鵰》中的黃藥師，黃藥師藥理和內科醫學高強，但不苟言笑，擁有絕世武功，不問世事：「當然，他沒有黃藥師的邪中有正的邪氣。」二零一零年七月沈祖堯教授就任中大校長，在這前夕，他跑去問達爺：「達爺，人家叫我當校長，你說好不好？達爺說：『不要做！』後來我不聽話，去當校長。我記得讀醫科時我在瑪麗醫院實習的第一天，他就跟我說：『我們做這個崗位，沒有放工時間，don't ask about your working hour, you have to be here as long as the patient need you. 但他不是自己得個講字，他是個周六、日都在醫院的人。」

建議年輕人「沉迷」金庸

昔日醫生對病人的情義，今天是否消散了？卻在金庸小說中，永遠存在。所以，沈校長建議年輕人去迷一下金庸，領略當中的情義，「這都是天天在捽手機、撥來撥去的網絡世界，看不到的事情。」

今天沈祖堯教授沒有後悔當上校長，但同樣熱愛當醫生和教學：「我大概再當校長一年（編按：現時香港中文大學校長是段崇智教授），就回去教學，退休後我就開個小館子，那種只有四張桌子的飯店。」校長說最近他學起烹飪來了，問校長，相識滿天下，四張桌子怎夠坐？他笑了笑，瀟灑如大俠，豪邁的說：「我就是不要人多爆棚，我只想四張桌，一壺濁酒喜相逢，古今多少事，都付笑談中。」

▲金庸（左一）參予植樹儀式。

▲金庸獲公開大學頒授榮譽博士學位，見證其對社會的地位及貢獻。

▲金庸於二零一零年四月二十七日榮獲終身成就獎，由時任政務司司長、財政司司長唐英年頒發。

第十一回 專訪沈旭暉

◆小寶神功世途異
長生法則魔域深

文：黃雅婷

談到政治，比起一位救世主，這世界更需要一套制度，沈旭暉如是說。

與他從國際關係的角度談金庸，韋小寶的名字常常就夾在句子之間。不，沈旭暉其實不那麼欣賞韋小寶，他把韋小寶看成一套制度，一種說不定能治亂世的法則。然而金庸在剛開始連載《鹿鼎記》時，這目不識丁，只會插科打諢、狡詐善變，靠手腕玩手段就能平步青雲的韋小寶深為人所討厭，當時人們相對單純，帶着英雄情結，世界觀裏盡是理想化的幻想天地，韋小寶不能算是英雄人物，自不符合那時代的道德期待。因此，當這號人物開始被歌頌時，世界已經變了。

國際如武林。當工作堆積如山，沈旭暉讀一篇《天龍八部》節錄便當是休息，叫沈旭暉享受的不是得秘笈得天下的武林世界，而是金庸小說與現實世情能反覆觀照的現世價值。初中時期他曾經洋洋灑灑寫過逾萬字的武俠小說，自以為了不起，但長大後他才發現武俠小說的箇中情感並非少時滋味。

「頭兩次讀金庸，只認識表面角色，但金庸的小說必須重看，因為當中人性刻劃才是小說的最大價值。現在再看書中細節，會發現好些東西都要待歲月增長與經驗累積才會明白。像《天龍八部》的喬峰，以前我一直不明白令他成為悲劇的關鍵人物馬夫人無端生恨，就只是因為喬峰不覺得她好看，不像別人一樣特別尊重與討好她，因而要置他於死地——當時覺得說不過去，只覺得是藉口。直到出來工作後發現這世界原來真的充滿這種人。」沈旭暉說。

中外「共融」　國際觀廣闊

金庸的小說往往勢力分明，各路人馬於客棧或是武林大會中相會，牽動情節，觸發武林爭鬥。沈旭暉說現實的國際關係很少像武林大會般「一見定天下」的會議，如此戲劇化的政治會面只有春秋戰國才有。

「武林大會又好戰後會議都好，開會之前，列強都是鬥個你死我活，希望殺光其他高手，以圖取得最大利益。這時往往最深藏不露的華山派最後總是能坐收漁人之利。國際關係也是如此，打贏的一方初時佔盡上風，但打到最後連實力也被虛耗，結果後期出現的第三者反而輕易取得利益，明顯的例子就是一戰時的美國。」

談到民族觀，沈旭暉想起《天龍八部》第四十一回少林方丈玄慈與游坦之、星宿老怪丁春秋的對話。小說裏，少林方丈因為星宿派乃西域門派，於是認為二人與大宋武林不屬同道，阻止他們參與武林盟主之爭，丁春秋心感不平，說出了一席話：

「老夫乃山東曲阜人氏，生於聖人之邦，星宿派乃老夫一手創建，怎能說是西域番邦的門派……少林武功源於天竺達摩祖師，連佛教也是西域番邦之物，我看少林派才是西域的門派呢！」（《天龍八部》第四十一回〈燕雲十八飛騎 奔騰如虎風煙舉〉）

沈旭暉說：「與梁羽生相比，金庸的民族情結比較複雜，前者有着漢人大一統情結，對外族素有惡筆。如金庸《鹿鼎記》的康熙被寫成雄才大略、孝順父親的君主，但梁羽生《萍蹤俠影錄》的康熙卻弒父。金庸很少把異族妖魔化，或是把非我族類的人放在邊緣上批評。」他說丁春秋說詞邏輯分明，道穿了中原（本土）與異域之別，意中可見其民族觀廣闊。

喬峰 香港昔日國際身分

查良鏞出生於中國大陸，上世紀四十年代末南下來港，在這個遠離大陸文化與限制的小島中，找到了可供自由創作的天堂，沈旭暉認為，其文學也就投射了金庸自身處境與對世事感悟。「金庸的筆下，幾乎所有主角都在夾縫中生存，很多都以找尋身分（identity）為其終身志業——身分認同成了金庸文學中一個連貫的主題。」金庸的小說最大智慧，莫過於刻劃了在各種陣營都能理順角色的人物，提出了一套使各種關係都能在陽光下生存的法則，簡而言，那就是所謂「小寶神功」。

《天龍八部》的喬峰（蕭峰）原是漢人，後來被證實其實是遼國（契丹）人。沈旭暉認為，喬峰如何理順身分的矛盾其實就是現實中國際關係的重要之道……「我個人最喜歡喬峰這個角色，他理論上是一個英雄，但同時又具有複雜的身分認同情結，能同時溝通不同的持份者：宋、遼，和金人、大理的人也可結拜成兄弟，這多少反映了香港曾經於國際間的身分，可能這也是金庸所意想中，他本人可以扮演的角色」。

他說，喬峰與韋小寶有共同的特色，兩人都有能力於亂世之中與不同持份者周旋，憑着個人的能力和一些表面上有立場衝突的不同政權與勢力結交，金庸小說中真正的信息就在於兩人中間生存的能力。「喬峰與韋小寶其實相似，他們不必有大盤計劃去做就可以凝聚力量：喬峰明明在流亡，但同時可認識不同的朋友，累積各種社會資本，與異族領袖結交；而韋小寶從不刻意認識朋友，被人捉了去神龍教，使小聰明便被委以重任。這種特殊的技能是當今香港人需要學習的——plan（計劃）得很宏大，講到出口想這樣那樣，但計劃其實需要充足的可能性與資源才可以成功，不然便是『離地』。」

選特首 是選一套制度

訪問最後，他提出有趣的延伸：如果喬峰不死，韋小寶沒有隱居會怎樣呢？「金庸不寫下去就是因為這兩個人必定要死和隱居。如果喬峰不死的話，就要面對遼宋關係；韋小寶不隱居就要 take side（站在某一方）。然而現實的世界，在隱居與死之前，會不會有另一種可能？以前香港人有這樣的智慧去與英國人周旋，懂得尊重對方同時沒有放棄做自己一套，但做自己的一套之餘又不令對方反感——作為一個特區，香港需要一種自處的智慧。」

記者問，如要從金庸的高手中選下屆特首的最佳人選，會是誰？他笑說從沒有聽過聰明的人會想選特首：「香港的問題是一個結構性問題，不是一個人可以改變的——這就是《鹿鼎記》最後的道理：武俠世界搞了那麼久，什麼武林高手，搞了一大輪也改變不到世界，只有一個韋小寶，不學無術，卻時時在複雜的勢力中得以遊走，武功再高的人也未必有他的能耐。其實韋小寶不是一個人，而是一套制度。如果把這個制度放在當今的社會，很好，不然就算選一個東方不敗做特首也無法治理香港。」沈旭暉如此結尾。

▲基本法諮詢委員會成員名單籌劃小組在一九八五年舉行首次會議。右起為：金庸、毛鈞年、黃麗松主席、鄺廣傑、鄔維庸及譚耀宗。

▲草委會政制專題小組召集人金庸就小組的保密原則作出解釋。

▲基本法草委會政制小組負責人查良鏞出席教育界基本法研討會。在座者為其他講者（左起）鄧樹雄、譚耀宗和夏其龍。

▲左起為黃麗松、金庸、李嘉誠、尤德、陶德勳爵、范培德及港大副校長羅理基爵士。

第十二回

專訪潘耀明

◆查良鏞聘書揮寫
潘耀明馳馬疾奔

文：袁兆昌

《明報月刊》（《明月》）總編輯潘耀明與查良鏞之間，為人傳誦的佳話，莫過於查先生聘他為《明月》總編輯一幕：「董橋叫我上去查先生辦公室，我就上去，以為只是打個招呼……」儘管潘耀明在書裏寫過的一字一句，記者都記住了，採訪時還是請他形容當時情景，潘說：「查先生溫文儒雅，不知從書桌哪裏抽出一張紙，就這麼揮筆書寫，然後要我簽字，那就是聘書。我當時在三聯書店仍未滿約，要三個月通知……」潘耀明當時任三聯書店董事及副老總，向查良鏞道明一切，查良鏞說沒問題，可以等。他很感動，聘書內容看也沒看，這就簽字了。時維一九九一年夏。

一九六六年，查良鏞創立《明報月刊》，「成為世界華人知識分子的精神堡壘」。同年，潘耀明才剛踏進傳媒界，歷任記者、編輯，及至出版社董事、副總編輯。潘耀明筆名彥火，活躍於文壇，八九十年代開始為《明報》撰寫專欄。「當時與他不熟，偶爾會在社交場合遇到他。查先生德高望重，沒機會接近他，和他談話。後來，《明報》總編輯王世瑜找我寫專欄。這個專欄寫了兩三年左右。」其實副刊專欄大都要經查良鏞認同的，潘耀明也不知道查良鏞會想到聘請他，但他服膺查的管理理念：「查先生就是這樣的人物，用人不疑，疑人不用。明報主管大都很有個人風格，可以發揮所長。」當年董橋通知潘耀明來到當時仍在北角的報館見工始，此後經歷足足四分一世紀，潘耀明是《明月》歷來執掌此位最久的老總。

潘耀明自九十年代開始，身兼多重身分：既是香港作家、《明月》老總，也是出版人，他掌管明報出版社時，曾整理一套金庸研究文叢，及後更譜寫一段與金庸亦師亦友的關係，他還是「旅遊文學」的文化推廣人。

▲金庸在《書劍恩仇錄》扉頁上題字贈潘耀明：明報共事十餘年　耀明兩字不虛言。

眾所周知，金庸早於一九五五年《新晚報》連載《書劍恩仇錄》至一九七二年完成《鹿鼎記》，十七年來寫就整整十五部武俠小說，影響香港文化及文學既廣且深。

金庸宣布封筆後，不乏評說金庸小說現象的文章；到了倪匡出版《我看金庸小說》，成為華文世界首部以金庸小說為研讀對象的評論集，掀動研讀金庸小說的熱潮，其時潘耀明着手整理一套海內外研究金庸的叢書。幾乎同一時間，北京大學陳平原教授出版《千古文人俠客夢》，從司馬遷寫到金庸，提出金庸小說的「遊俠想像」；北京大學嚴家炎教授予以高度評價，說金庸的武俠小說是繼「五四」文學革命後，「使小說由受人輕視的閒書而登上文學殿堂的另一場靜悄悄的文學革命。」潘耀明認為這都為學術界研究金庸建立了重要基礎：「早年，香港學校是不許在校內看武俠小說的，我和同學要看，都在『櫃桶底』讀的。」在香港，要到九十年代，《射鵰英雄傳》才正式列為中國語文及文化科校本評核課外閱讀參考書目，中學生可就這部金庸小說撰文評說，作為公開考試其中一項校本評估。至於中國大陸的中文教育，曾因金庸有過一番爭議：到底應否把金庸作品列為中學教材？潘耀明就曾與一位大陸學者筆戰過。

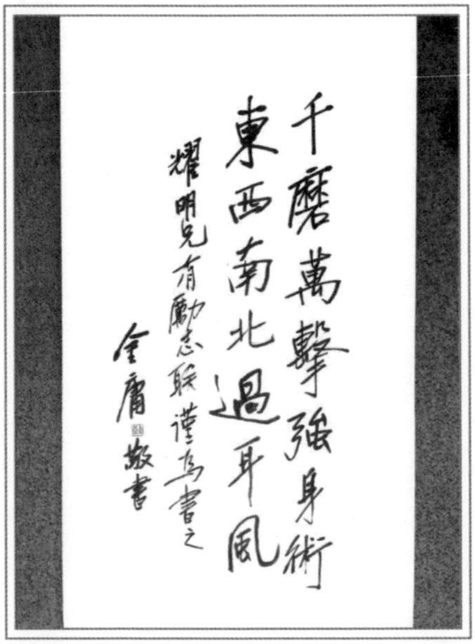

▲潘耀明請金庸題鄭燮的《竹石》詩：「咬定青山不放鬆，立根原在破岩中。千磨萬擊還堅勁，任爾東西南北風。」結果金庸根據後兩句詩的意思改寫，潘耀明說，後來他一直把這墨寶懸掛在家中大廳，作為自勉。
（圖片提供：潘耀明）

在內地，金庸作品編入中學課程，潘耀明認為，這與北京大學陳平原與嚴家炎有關：「學術界重視這位香港作家，全賴兩位學者鼓吹有關。」尤其嚴家炎在北大中文系開設「金庸小說研究」課程，在學術界帶來全國各省的效應。所謂「有井水的地方，就有華人；有華人的地方，就有金庸的讀者」，據潘耀明估計，大陸的金庸讀者不下兩億。這麼多年以來，金庸作品在大陸的版本不計其數，尤其盜版的，出版界發揮的「創意」亦早成佳話。而陳平原亦曾寫過「我大概是大陸學界較早意識到金庸小說的學術價值……直到北京大學授予金庸名譽教授，嚴家炎先生撰寫《一場靜悄悄的革命》，方才掀起了軒然大波」，在各種意識形態的角力下，嚴家炎的堅持，讓文學研究小勝一仗。

名山大川　俠客縱橫

▲二零一四年秋，潘耀明（右）與金庸在香港香格里拉酒店夏宮晚宴上合影。（圖片提供：潘耀明）

潘耀明提到金庸筆下的大陸大川大山、風景名勝，金庸寫作前，不曾親身感受山水風光，卻能寫出各路門派人物根據地的地貌與特色，這與金庸博覽群書有關。直到二零零四年九月，金庸首次踏足他曾寫過的地方——四川，親身到過《笑傲江湖》裏寫過的「青城派」據點青城山——長青子弟子余滄海，為了獲得「辟邪劍法」而派人到福威鏢局滅門的情節，引來當地人一些迴響。潘耀明近年與倪匡在一次訪談中，就提到兩位青城派道士的質問，倪匡憶述：「為什麼金庸筆下青城派都是壞人，是不是對他們有成見，看不起青城派？金庸馬上認真地說『我改正，我改正』……這類事情從側面反映出金庸小說影響甚為廣泛。」當年金庸應《華西都市報》及四川作協的邀請出席文學活動，到了不少地方觀光：三星堆、九寨溝……潘耀明提到四川真有根據《射鵰英雄傳》黃蓉為洪七公奉上的菜式，再做一次：「香港有蔡瀾在鏞記的『射鵰英雄宴』，四川也有為《射鵰英雄傳》做的食譜與菜式。」其時，多個傳媒都有報道金庸入川的事，在「九寨天堂」酒店巧遇當年到鳳凰古城參觀考察的邵逸夫夫婦，都有報道，卻鮮有傳媒知悉金庸與熊貓擁抱，今次潘耀明為此撰文，又與記者分享，可為金庸的文化親炙之旅補上重要一筆。潘耀明回憶金庸與邵逸夫同住的酒店：「九寨天堂是用玻璃幕罩住的，金庸覺得這是住過的酒店中最有特色的。酒店內有樹木，有草地，有流水。」當年，曾把金庸小說改編為電視劇和電影的著名導演張紀中，得知金庸入川，專程趕來探望。而金庸的四川之行，每到一個地方，都有手迹，甚至有些地方請他題名、命名。

提到「香港作家聯會」推動金庸研究的歷程，潘耀明回憶道，二零零零年香港作家聯會曾與北京大學聯合舉辦一次大規模金庸作品學術研討會，近百位海內外學者專家參加，盛況空前。潘耀明指出，「作聯」主要是以文會友。聯會一九八八年成立，經常舉辦文學活動或講座。至於今天仍有人提到在文化沙漠上尋找作家、連結作家的意義：「香港文化沙漠這個說法，是站不住腳的。海內外最多讀者的作家金庸，最有學問的鴻儒饒公（饒宗頤），都是 made in Hong Kong，香港從環境而言，或者是文化沙漠，可是香港的文學成就，是無可置疑的。」曾任香港藝術發展局文學顧問委員的潘耀明，除了推動各界研讀金庸作品外，還就文學資助給過不少意見。他認為藝發局歷來撥給文學的資源不多，很難發展下去。早於二零零二年，潘耀明已提出政府「對大型活動，資源投放不少，但文化活動仍停留在門面的層次，忽略了默默耕耘的基層」，今天，綜觀這些年來文學發展的資助，反證他的先見之明——十多年過去了，雖然在藝發局支持下，增加文學版面如《明報 • 明藝》、《明報月刊 • 明月》，但資源仍未有較大幅度增加。

為了配合康文署即將開辦的金庸展廳，與此同時為紀念金庸創作六十周年，潘耀明在康文署及藝發局的支持下，去年曾策劃「我與金庸——全球華文散文徵文獎」，收集逾萬份稿件，影響廣泛而深遠。潘耀明認為，金庸作品不僅深入華人社會，隨着外國譯本的紛紛出版，也逐漸為外國讀者所接受，成為具有國際地位的作家。而潘耀明今天仍在主編的《明月》，他形容這是「金庸先生為承傳中華文化的薪火」而辦的，今已逾五十周年了。文化人在整整半世紀的努力，在今天的「本土思潮」裏，尤見價值所在。

第十三回

「我與金庸」徵文大賽

◆書迷遍佈齊起念
擁躉風聞競投文

文：黃雅婷、劉倩瑜

上世紀五十年代，金庸撰寫第一部武俠小說，過去逾半世紀，金庸小說超越地域和時空的界限，與如沙如星的讀者邂逅、同行、成長。二零一五年為慶祝金庸作品問世六十年而舉辦的「我與金庸——全球華文散文徵文獎」，透過近百合辦及協辦單位的支持推動，徵得作品萬份，投稿地區廣泛，遍及各洲各洋，數量之多，足證一眾作者蘊藏多年的記憶與力量之巨大，這亦是眾參與者對金庸作品的莊嚴致敬。

大學副教授、金鼎獎得主、獲獎作家、翻譯家、名醫、北大人文系博士……當這些頭銜在徵文比賽中出現，他們大概不是評委就是嘉賓了，有誰會想到擁有這種文化背景和專業地位的大家們竟然也會提筆參加徵文比賽！

金庸小說的讀者層比較廣泛，故能吸引很多人參加比賽，這倒是理所當然的，可是不少參賽者的文化和專業背景卻令潘耀明意想不到。

「其中一位來自法國的王健育，他是金庸小說法文版翻譯，也是教授和哲學家；來自荷蘭的丘彥明，從前是台灣《聯合文學》雜誌總編輯，宋偉傑則是美國的大學副教授、金庸研究專家。另外還有兩位入圍獎是北大博士，陳平原教授的得意門生。陳教授曾問學生如果以她們的身分參賽而不能獲獎，面子可過得去？回覆是：『這個問題由始至終沒有考慮過』。她們參賽只是抱持一份對金庸作品的熱愛和深摯感情。」

金庸展廳前奏

當作為主辦機構「香港世界華文文藝研究學會」會長、《明報月刊》總編輯及大會總召集人的潘耀明，接到「我與金庸——全球華文散文徵文獎」入圍作品的名單時，他形容心情是既意外又感動的。

談到「我與金庸——全球華文散文徵文獎」的緣起，該由兩年前一個酒會說起。兩年前的某天，潘耀明在一個場合中碰到時任民政事務局局長曾德成，潘耀明表示有感香港欠缺文化景點，向他建議籌辦金庸館。一談之下得悉他轄

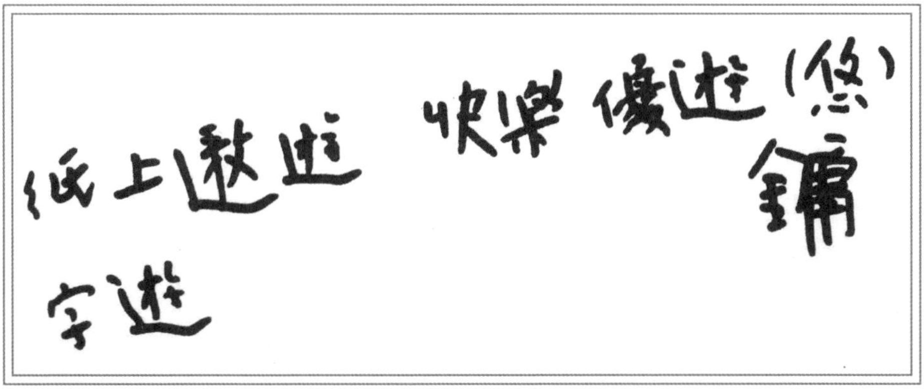

▲金庸於二零一三年為「世界華文旅遊文學聯會．字遊網」的題字。

下的康文署也有相似想法，惟在蒐集展品上遇到困難，當時潘耀明即表示樂意伸出援手。不久，金庸展廳項目正式落實，潘耀明遂向康文署副署長吳志華博士及藝發局主席王英偉提議：「舉辦一個與金庸相關的全球性的活動，從而把這信息帶到國際，作為金庸展廳的前奏。」獲得他們的支持，徵文獎就這樣拍板。

為了讓徵文的信息能傳到世界各地，潘耀明邀請不同國家和地區的文學社團和傳媒參與。「我邀請各單位負責人組成籌委會和參與協辦、合辦，合共接近一百個，目的是讓他們有參與感，發動地區力量在當地做推動，某些地區甚至自發舉辦金庸讀者座談會。」幾乎動員了全球華文文學組織及華文傳媒一起參與的活動，可謂遍地開花，成績斐然。

潘耀明過去籌辦過好些徵文比賽，一般能收到一二千份作品，最好的一次約有五千，這次卻徵得一萬份，他說有可能是徵文史上的一個新紀錄。

這次徵文比賽吸引了眾多文人學者參與，各人放下身段，只因對金庸作品有着一份深厚、始終不渝的情感！王健育告訴潘耀明，在翻譯的過程中，對小說中的情節和人物已經既熟悉又投入，當知道有這個比賽，就情不自禁參加了。

潘耀明笑說：「現任台灣《聯合報》副刊主編宇文正，當年遇上丈夫時即問他最喜歡金庸小說中哪一位女主角。她心裏盤算，如果對方選擇小昭或雙兒，乾脆請他去娶個外傭。幸好丈夫的答案是黃蓉。」

忠實金庸迷聚頭總會談起金庸，這次徵文獎更像是個交流會，潘耀明在粉絲們的言談間能觸摸到一種對文化理念的強烈寄託。

▲「我與金庸－全球華文散文獎頒獎禮」反應熱烈，投稿地區廣泛，近至澳門、日本、新加坡，遠至英國、荷蘭，頒獎禮在主禮人及眾嘉賓見證下順利舉行。

公開組終審評委黃子平：建立金迷「思想共同體」

二零一五年初冬，浸大中文系榮譽教授黃子平剛好在台灣中央大學當客座講者，收到了是次徵文比賽的籌委會邀請，請他擔任公開組終審評委。他心中想：「改作文並不是輕省的差事啊！」卻也為了金庸而欣然從命。今年四月，他收到 40 份進入決審的徵文，要從當中選出十九位得獎者，直到頒獎禮前，黃子平沒想到原來公開組全球徵來的稿件有合共萬篇的作品，可謂盛況空前。

「這說明了兩件事情。第一，初選組的工作量很大，評委們實在勞苦功高；第二，得獎的概率很小，一比五百。」所以他在頒獎禮上總是恭喜獲獎者，說他們是散文寫作打贏了無數對手的武林高手，若轉身一望，他們身後可謂屍橫遍野。

他自言自己在「工農兵文學」的閱讀環境下長大。金庸、梁羽生、古龍等名字於他而言均聞所未聞。直到上世紀七十年代中期，在海南島五指山下的農場，他第一次讀到廣州知青一位香港親戚帶入來的《笑傲江湖》。「當下非常吃驚，這寫的分明是文革嘛！拿起就放不下。請病假！一口氣讀完。寫作的自由和閱讀的自由，我們這一代人深有體會。」他說金庸的文學打破了地理、國族、性別的隔閡而形成了金迷的「思想共同體」。同時，金庸亦反映出香港一代人的脈搏與生命。哈佛大學的教授王德威以台灣文學經驗為基礎，提出「後遺民寫作」的論域，其弟子宋偉傑參與是次的徵文比賽，並提出金庸武俠小說其實可納入到王德威的「後遺民寫作」來研究。

黃子平說：「所謂『後遺民寫作』說的是『時間的政治學』和『記憶的政治學』。金庸小說的武俠行迹於江南、塞外、中原、京都鋪展和游移。筆下的山水、人物、思想突顯了朝與野、涉政與退隱、向心與離心、順從與背叛、大義與私情、明心見性與聊遣悲懷之間的平衡，亦折射了香港文學中的身分焦慮和身分認同。」在如此一個中華文化花果飄零的香港，金庸小說營造的武俠天地正是漂泊離散於家國內外而產生的想像空間。

「金庸的『文學真理』尚需要由俠迷的忠誠作確認，所謂忠誠是持續不停的創作、改編、修訂、閱讀、交流和再創作，而這次的徵文比賽當然也是一種確認的儀式。」黃子平如是說。

▲無論是前輩晚輩，對金庸非凡成就也同樣尊重。

▲金庸不只紙上能生花，他更能身兼多職，經常以不同身分出席各種演說場合。

第十四回

鄧小平敬重查大俠

◆小平家戶識郭靖
內地武林尊鵬兄

文：賀越明

金庸這名字，隨着他創作的武俠小說，從初現文壇至廣為人知而名滿天下，前後已逾一甲子！未讀金庸的作品前，我因從本科生到研究生都在新聞專業，已聞其名知其人，知曉他本名查良鏞，老《大公報》人，先滬館後港館，又自立門戶創辦《明報》……這些都屬現代新聞史的知識範疇。我曾想過，查先生是幸運的，在內地進報館工作，一個新時代開始前南來香港，毋須應對與政權更替相伴的除舊布新，繼續譯外電當編輯，雖然緊張辛勞亦清苦，但這本行勝任愉快，游刃有餘。況且，他身居的港島不大，可供想像、創作的空間卻極大，似無邊際也無禁忌。滿腹經綸和筆下才華，只需一個激發靈感的觸媒。

掌門人比武與金庸小說

一九五四年一月十七日下午，太極派與白鶴派的掌門人吳公儀與陳克夫在澳門新花園一場比武，聳動遠近，催生了香港《新晚報》副刊的武俠小說連載，編輯陳文統以筆名梁羽生初開風氣。一年後，金庸也在主編敦請下展紙動筆，從此一發而不可收。先以《書劍恩仇錄》亮相，繼之《碧血劍》、《射鵰英雄傳》、《雪山飛狐》、《神鵰俠侶》、《飛狐外傳》、《白馬嘯西風》、《鴛鴦刀》、《倚天屠龍記》、《連城訣》（編按：初名為《素心劍》）、《天龍八部》、《俠客行》、《笑傲江湖》、《越女劍》和《鹿鼎記》。這十五部鉅構和短製，花開香港，五彩斑斕，芳香四溢，迅即香到了海外各地，凡有華人處，莫不讀武俠。據我所見，在美國許多地方的社區圖書館，金庸的武俠小說是書架上必備之書。

可是直到上世紀七十年代，與香港血脈相連的內地，似有高牆阻隔，氣息不通，人們還不知道香港有如此傑出的作家，有如此優秀的武俠小說。牆裏牆外，實乃兩個社會、兩種制度，意識形態及文學生態迥然不同。當舊時代刊行、遺存的武俠小說被視作毒草、糟粕遭致批判、禁絕並付之一炬時，新社會又豈會容許同類作品從境外傳入？何況進入思想定於一尊、文藝遵循樣板的時期，與思想、樣板格格不入的武俠小說作品更如同洪水猛獸，都被拒之門外。內地同胞與金庸同種同宗同文卻無緣一睹他的武俠小說，直到盤踞高位的江青集團垮台，這長期持續的局面才逐步扭轉。一九七九年，俠義古舊小說解禁出版，電影《少林寺》、電視連續劇《霍元甲》等武打片隨後播映，帶動了武俠小說熱的升溫。翌年，梁羽生的《萍蹤俠影錄》在廣東率先出版，新派武俠小說自此進入內地。

鄧小平睡前讀《射鵰》

金庸及其作品後在內地登場亮相，卻具有更鮮明的時代特徵。一九八一年七月十八日，是一個非常特殊的日子，這天上午，鄧小平在人民大會堂會見了應邀赴京的金庸。他知道客人是香港《明報》創辦人、社長，當地的輿論領袖，但在福建廳門口握手迎迓時說：「歡迎查先生回來看看。我們已經是老朋友了。你的小說我讀過，我這是第三次『重出江湖』啊！你書中的主角大多是歷經磨難才終成大事，這是人生的規律。」原來，這位主導中國全局變化的政治核心人物，是金庸武俠小說最早的內地讀者，是其作品的「老朋友」。

早在一九七三年三月，鄧小平從謫居之地回京重返政壇不久，即託人從香港購入一套金庸作品集，利用中午和晚上睡前半小時，津津有味地閱讀，據說讀得較多的是《射鵰英雄傳》。他對金庸的那幾句寒暄，顯示這並非純屬消遣，而是將自身的政壇起伏聯繫小說人物的命運思索人生，從精神上產生共鳴並汲取力量。

就在鄧小平會晤金庸那個月，《射鵰英雄傳》開始在廣州創刊的《武林》雜誌連載，兩期一回目，到一九八二年五月共刊出前四回。其間，該刊洛陽紙貴，一冊難求。據說，一九八一年京城某出版社廣州分社，率先翻印《書劍恩仇錄》上、下兩冊，在當地新華書店發售。一九八五年四月，天津的百花文藝出版社推出《書劍恩仇錄》，是內地最先獲得作家本人首肯而面世的金庸武俠作品。一炮打響，從者如雲。眼見讀者眾多，求書若渴，北京、長春、長沙、西安、合肥、瀋陽、福州、濟南、哈爾濱、南昌、杭州、牡丹江、石家莊、成都等地，十多家出版機構或是有發行能力的單位，竟然不經作家許可，紛紛印行各種單行本。短短三數年，幾十種金庸的小說充塞書肆書攤，幾乎都屬盜版。那是內地尚無知識產權觀念的年代，金庸蒙受了巨大的版權損失，又獲得了巨大的讀者市場，寫下現代出版史上最奇特的一頁。

直到一九九四年，北京的生活 • 讀書 • 新知三聯書店得到金庸本人授權，連續出版共十二套三十六冊的《金庸全集》，使他的武俠作品首度以正版全貌在內地亮相。這時，距金庸完成全部小說創作已經二十二年，內地讀者得窺全豹何其遲也！

一九九九年，三聯書店又發行一種開本較小的「口袋版」，如同香港袖珍版、台灣文庫版，讓人攜帶和閱讀更為方便。進入新世紀，廣州出版社接續金庸作品的內地版權，先是二零零一年和花城出版社聯合印行的《金庸作品集》，接着是二零零六年兩家合出的「新修版」口袋本，此後有二零零八年的平裝版、二零零九年與朗聲圖書合作的軟精裝和二零一零年的文庫版……二十多年來，不論以何種版本、樣式印製，金庸武俠作品在內地始終暢銷，贏得了老中青三代讀者。正是在神州處處讀金庸的氛圍中，人們眼界大開，恍然頓悟：當代中華文學藝術的百花園裏，還有新派武俠小說這朵芬芳沁人的奇葩！

從這當中，我在成功報人查良鏞之外，又認知了作為小說家的金庸。不同於那些舊式武俠小說，主題不出武功秘笈、報仇雪恨，着意渲染拳來腳往、刀光劍影，金庸的作品題材內容豐富博大，有歷史，亦有政治；有江湖，亦有朝廷；有人性，亦有愛情；有宗教，亦有哲理。情節複雜奇幻多變，篇篇寫的是故事，千轉百迴，曲折變化，常有出人意料之處，但前有伏筆後有照應，有時感覺也像神話，有時感悟又似寓言。

人物形象鮮明豐滿，正角如陳家洛、袁承志、張無忌、蕭峰、令狐沖、楊過、郭靖、黃蓉、小龍女等，反派如康敏、慕容復、岳不群、鳩摩智、白世鏡、耶律洪基等，亦正亦邪如韋小寶、謝遜、任我行、趙敏等，正角各具特點，反派各自有別，亦正亦邪也不雷同。語言通俗曉暢洗練，讀來初覺平常，但細細咀嚼，發現寫史事有胸懷，寫武打有氣韻，寫情愛有溫婉，寫景物有白描，寫哲理有深意。

博覽群書的金庸融匯前人眾家之長，將武俠小說的思想價值和藝術表現提升到一個新的高度。因而，這些作品雅俗共賞，暢銷多年，歷久彌新，還不時被改編攝製影視劇，在銀幕和熒屏展映，老少咸宜，家喻戶曉，成為優秀文學作品的生命力旺盛不衰的最佳例證。

張春橋批評「無法比魯迅」

金庸的武俠小說無遠弗屆，深入人心，影響之大逾越了文學作品本身，而演變為一種時代的符號。從二零一五年香港上市的《張春橋獄中家書》可知，這個江青集團的重要成員在上世紀後期服刑期間，對家中後代癡迷金庸的武俠小說憂心忡忡。他不改一度曾為內地意識形態總管的本色，聽過一遍電台播出的《笑傲江湖》，便在給女兒及外孫的信裏質疑：這部武俠小說究竟是說什麼？作家的世界觀究竟如何？他還認定金庸是「民主個人主義者」，無法和魯迅比，因為「金庸不是共產主義者」，「他的令狐沖也沒有為人民做點什麼事」，「他們行俠仗義，殺富濟貧，同共產主義者的革命行動有根本區別」。這些說法散發着文革思維的陳腐氣息，令人掩鼻失笑。

於金庸而言，不是某種主義的信仰者原本正常，與魯迅也沒有可比性，更毋須把古代的令狐沖塑造成為人民服務的典範。幸好，江青、張春橋在文化藝術領域當道的日子早已終結，不然的話，內地可能至今還是文學作品只有魯迅可讀，藝術表演只有幾齣「革命樣板戲」可看，武俠作品沒有任何生存的空間，金庸的小說不會有一席之地。張春橋的家信，未知能否轉變其後人對金庸及其武俠作品的看法，但內地讀者對武俠作品的熱情、對新派武俠小說大師金庸的尊崇，肯定不會因此而有絲毫減弱。套用革命歲月流行的一句舊詞形容，可謂「沉舟側畔千帆過，病樹前頭萬木春」。

近世中國，個人的命運，往往隨着大時代的浪潮載浮載沉，文化人尤難例外。若不是四十年代末內地改朝換代，金庸或許後來不會在香港構築完成文學的武俠世界；若不是七十年代末內地改革開放，金庸或許後來不會在龐大市場贏得數以億計的知音。我又想到，查先生終究是幸運的，因為其武俠作品的內地讀者中，有一位是鄧小平。他的閱讀範圍和審美趣味，與普通讀者幾無不同，符合泱泱大國文化藝術百花齊放的客觀需求，新派武俠小說才得以進入內地，任由從文人雅士到販夫走卒的巨大讀者群體閱讀、賞析和評論。故此，金庸及其武俠小說，是一個時代的產物，更像是一個時代的饋贈。

▲一九八一年，《明報》創辦人查良鏞（右）跟鄧小平（左）首次見面，當時身穿白色夏威夷恤的鄧小平自嘲「粗人」，又替查點煙，令查對他肅然起敬。
（圖片提供：新華社）

▲一九八一年，鄧小平以中共中央副主席的身份會見時任《明報》社長查良鏞。
（圖片提供：新華社）

▲金庸與李柱銘（後左）、前市政局、行政局及立法局議員羅保（後右）等人合照。

▲金庸（右）與中國國家體委主任中國圍棋協會會長李夢華（左）在一個圍棋大賽上合照。

第十五回

專訪潘立輝

◆ 鴻篇出國迷法總
大筆生花醉洋人

文：趙曉彤

▲法國文化部長迪法柏（右）親手頒授「藝術文學高級騎士勳章」給查良鏞（中），表揚其傑出成就。

二零零四年，金庸的武俠小說「打」入了法國的文化圈。那年，第一本法文譯本的金庸小說《射鵰英雄傳》正式出版，小說面世不久，出版商友豐書店接獲時任法國總統希拉克的親筆信，表示非常喜歡這本書的故事與文筆。同年，金庸獲法國政府文化部授予藝術文學司令勳章。

至今，友豐書店已出版了三本法文版金庸小說，書店老闆潘立輝是出生於柬埔寨的華僑，他最初接觸的金庸小說，是當地報紙用金邊文翻譯出來的連載版本。譯文粗疏，但已教當時仍是小學生的潘立輝看得津津有味，每天翻開報紙追小說，非常崇拜那些俠義心腸的武林高手。「金庸小說與我的童年一起『成長』。」他第一本讀的金庸小說是《射鵰英雄傳》，日後推出法文版首選也是《射鵰英雄傳》。

住在柬埔寨的華僑，多種語言都略懂一點。本身是潮州人的潘立輝，就懂得潮州話、廣東話、普通話，又會法文、英文、金邊文，可是學校沒有教授華語，所以他少有機會接觸中文讀物。後來他到法國巴黎讀書，不少同學見他是華人，問他李白、杜甫——他統統沒有看過，若有所失，始購買關於中國文化、歷史、地理的書來讀，也努力閱讀中文書。這也是他後來在法國開書店，並出版漢語著作的法文譯本的原因。

中西思維差異 好譯者難求

潘立輝大概二十年前展開翻譯金庸小說的計劃，可是一起步便不斷碰釘。原來，要找一個能把金庸小說譯成優雅流暢的法文的譯者，非常困難。「西方人跟東方人的思考方式不太一樣，譯者在表達時要好像自己就是作家一樣寫，才能令人看得舒服，如果只是按照字面來翻譯，讀起來就格格不入，法國讀者不會喜歡。」他找了很多譯者，大多是透過大學教授介紹、在法國撰寫關於金庸博士論文的研究生。這些研究生對金庸小說與中國文化都有深厚的認識，可是譯稿交到潘立輝手上，他看來看去，總是覺得不夠好。「很死板，如果給法國人看，他們看起來會知道是硬譯中國人的說話，無法看得入神。你看東西就是要入神，好像看電視、看電影，如果看的時候沒有感情，那沒意思；一看，着迷了，就會一直跟跟跟。不是把意思翻譯得準確就是好，真正的小說是應該容易懂、讀者能夠理解的。」

直至他遇上了譯者王健育，譯出了他感到滿意的小說稿件，金庸的法譯小說才順利出版。後來因為王健育工作太多，停止了金庸小說的翻譯工作，他們又找了另外的法國譯者翻譯《神鵰俠侶》與《天龍八部》。

「翻譯小說的是一對夫婦，老公是中國人，老婆是法國人，這比較容易翻譯，老公弄好了，就給老婆看，看看法國老婆知不知道你到底在寫什麼，哈哈。」

《射鵰英雄傳》法文譯本的第一卷出版後，立即引來法國文藝界的迴響。友豐書店這項文化工作獲得當時的法國總統希拉克來函嘉許，法國的多位部長以及巴黎市長均表示很喜歡這部小說，金庸更獲法國政府文化部授予藝術文學司令勳章。此後，不少讀者來信追問這本小說的結局，於是友豐書店又在二零一三年出版了四冊《神鵰俠侶》。法譯金庸小說的計劃持續進行，二零一六年七月，又出版了第一冊《天龍八部》——這本小說的其餘部分已完成翻譯，只欠審稿。他們會聘用當地完全不懂中文與中國文學的資深出版人閱讀譯本，遇有不明白的地方，就畫上紅色，交回書店與翻譯者反覆討論、修正。潘立輝說，金庸的武功招式並不難譯，因為那些都是金庸自創的東西，基本上用漢語拼音翻譯便可以。而更難翻譯的，其實是一些中國菜式的名字，如「獅子頭」，法國讀者沒有辦法理解為什麼中國古人會把獅子的頭部切成肉球烹調。

潘立輝補充說，他與金庸是出版商與作者的關係，兩人有點距離，私下不太熟悉，不是那種感情非常好的朋友。不過，兩次與金庸見面，他的印象都很深。他與金庸第一次見面是在香港，通過他認識多年的老朋友、《明報月刊》總編輯潘耀明聯繫與陪同，他們來到金庸在香港《明報》的辦公室見面。「那時他六七十歲了，我較年輕，四五十歲。我覺得金庸先生是文人吧？他講話不多，跟他在小說裏面表現的活潑與精神很不一樣，他的真人是很沉重的一個年紀大的人，說話很慢，一個字一個字地說出來。那天，他的秘書在他旁邊，把我們商談版權的細節記下來。」

而第二次，則是金庸在香港獲法國文化部授予勳章後，應法國國家圖書館邀請到法國參加贈書簽名的活動。金庸當年住在巴黎香榭麗舍大道上的喬治五世大酒店，在巴黎大約逗留了一星期，先後到訪友豐書店在十三區和十六區的兩家書店。「金庸先生非常高興他的作品被譯成法文並在法國出版，因為他了解翻譯的難度，另外金庸先生會法文，他還說他在香港有請法文老師來家裏給他上課，以免忘記。我們像老朋友一樣聊天，中午請他吃越南牛肉河粉，他很喜歡。」

他補充說，那趟行程不是金庸第一次到法國。「他以前在法國有買房子，不過他很少去，後來就賣掉了。」

回頭看看友豐書店出版的三本金庸小說：《射鵰英雄傳》的法文書名字面意思是「捕鷹英雄傳奇」；《神鵰俠侶》的法文書名字面意思是「伸張正義的人和傳說中的鷹」；而《天龍八部》的法文書名則由漢語拼音「天龍八部」和法文「天空和龍的八個部族」組成。潘立輝解釋，以「天龍八部」四字的拼音作為書名是避免當地讀者誤會它是佛教或是儒家的哲學書。

等待鹿鼎記

法文版的《射鵰英雄傳》在友豐書店共售出七百至八百本，《神鵰俠侶》的銷量則在一百套左右，而最新出版的《天龍八部》第一冊，改為二零一六年十月共售出十五冊。金庸小說在法國的銷量並不算多，潘立輝認為文化接受需要漫長的過程，「文化的東西要慢慢來，但讀過這些小說的法國讀者的反應都很好，都會回來找金庸的其他作品來讀。我深信，金庸先生的作品把優秀深厚的中國傳統文化以武俠形式表達出來，會讓法國讀者喜愛、接受」。

友豐書店花了接近二十年時間翻譯金庸小說，接下來仍有《鹿鼎記》及其他金庸小說的出版工作。不過，這項翻譯計劃至今仍在賠本狀態。潘立輝回憶着自己決心出版金庸法文小說的初衷：「因為我自己愛這樣東西，我要貢獻給其他人，希望他們也如我一樣喜歡金庸。」

▲金庸以明報董事長的身分，在聯交所《明報》上市酒會中手持香檳展笑容。

▲金庸二零零六年於香港書展舉辦的座談打破了入場人數的紀錄，吸引了超過四千多名「金庸迷」進場。可見金庸在文壇中的地位。

第十六回

專訪杜南發

笑傲江湖及海外 金庸報業跨星洲

文：趙曉彤

杜南發與金庸，因為一個越洋訪問而相識。那是一九八一年春天，下午，來自新加坡《南洋商報》的副刊主編杜南發與倪匡同行，按響了香港半山區金庸家的門鈴。應門的正是金庸，他的國字臉上佈滿親切笑意，給杜南發的第一印象，就像一尊笑意盈盈的彌勒佛。他們走進那個四壁皆書的客廳，杜南發靠近書櫃一看，大部分是有關佛教的書籍──那時，金庸正潛心研讀佛學。金庸笑道：「大家隨便聊聊好了。」他們從創作談到文學觀、談到宗教信仰，不知不覺來到晚上，金庸邀請杜南發與他的家人及倪匡、溫瑞安一起晚飯。杜南發比金庸年輕差不多三十歲，金庸卻感到與這個年輕人很投緣，翌年還特意到新加坡找他。以後每到新加坡，總是會找他。這交往轉眼便是三十多年，連杜南發都頭髮半白了。

杜南發說，一九八二年金庸帶着一班朋友來到新加坡住了一個星期，當中包括倪匡夫婦、沈登恩夫婦、高信疆夫婦、董千里夫婦等人。最初他們住在香格里拉酒店，後來因為沈登恩愛吃文華酒店的雞飯，所以他們住到一半便全部搬到文華酒店。這個星期，金庸是來度假的，杜南發天天跟他們在一起，他們常常在酒店裏玩 show hand，杜南發不懂玩，就看着他們玩，他發現金庸很沉得住氣，贏得較多。以後，金庸每隔一兩年都會到新加坡休息一趟，每次都是住在香格里拉的花園翼套房，都會約杜南發見面。多年來，無論人前人後，杜南發始終稱金庸為查先生，他說是因為尊重。「查先生每次都會帶一個大行李箱來，裏面密密麻麻都是書，他其實是來新加坡看書的，很少外出，出去可能也是吃個飯，很少觀光。我覺得他主要是換個環境吧？因為家裏是一個環境，到外面是一個環境，而且當時還沒有用手機，受打擾的機會不大，沒有人知道他住在這裏啊。」

外表文靜內心活潑

杜南發說着，金庸的性格就是靜。「查先生的真正內心是蠻活潑的，但外在性格就很安靜，甚至有點靦腆。你跟他講話，如果你沒有辦法很好地交流、溝通，他一般的回答都是很短的，不會長篇大論。因為這樣的性格，他到新加坡來，多數時間都在酒店房間，就沒有說會特別喜歡到哪些地方、特別喜歡找哪些人、特別喜歡吃些什麼。」杜南發記憶中，金庸早期到新加坡多數住國泰酒店和萊佛士酒店，後來是文華酒店，八十年代以後就一直住在香格里拉酒店。在上世紀六十年代和七十年代，他到新加坡主要是到《新明日報》報館。

金庸與新加坡報業的淵源很深。杜南發記得金庸在一九六零年代初就跟當地的《南洋商報》合辦一份《東南亞周刊》，逢星期日隨《南洋商報》贈送。「這表示在這之前他們已有來往，因為出版一份刊物總要有一些溝通，特別是當年通訊不方便，所以金庸是一定會到新加坡來的。當時新加坡就兩份大報，一份是《星洲日報》，一份是《南洋商報》，而《南洋商報》跟香港的關係比較深，當時它有駐港辦事處，曹聚仁、鮑耀明都曾在裏面工作。」他記憶裏，這本周刊出版了兩至三年。

一九六七年，金庸與當地的驅風油大王梁潤之，每人出資五十萬新幣創辦《新明日報》。「新」是梁潤之原本在當地創辦《新生日報》的「新」，而「明」則是香港《明報》的「明」。杜南發表示，很多人以為金庸是因為一九六七年香港暴動、他被列入暗殺名單，才會到新加坡辦報，其實那是時間上的巧合，據他所知，金庸在一九六五和一九六六年，已多次到新加坡考察當地報業。「金庸是純粹從一間報社要擴展業務的角度去看這件事。那時候，他已有跨界辦報的概念，就是要走出來，擴展到境外。」

一九六七年《新明日報》創刊，當時所用的許多材料，包括副刊、中國動向的新聞特寫等，都是由香港《明報》供稿。金庸原先是在《南洋商報》連載武俠小說《素心劍》（後改名為《連城訣》）的，在《新明日報》創刊後，金庸便在《新明日報》獨家連載他的武俠小說，第一篇是《笑傲江湖》。為了讓這份報紙更有優勢，金庸甚至空郵最新的小說過新加坡，讓《新明日報》比《明報》提早三天刊登。新加坡《新明日報》出版後不久，馬來西亞版也出版了。最初，新加坡與馬來西亞的《新明日報》共用同一版面，後來因兩地政策不同，便分為《新加坡新明日報》與《馬來西亞新明日報》，惟副刊、小說稿件仍是港、新、馬三地共用。杜南發說，金庸認為在新、馬兩地辦報較香港困難，但創報不久，《新明日報》已是當地銷量最高的三份中文報紙之一。

眼光獨到虛心學習

杜南發説，一九七零年代末期，新馬兩地政府修改法例，規定外國人不可以持有本地報章超過百分之三股權，金庸便把自己的股份全部賣出。杜南發笑言自己是「吾生晚也」，來不及見證金庸在新加坡報業叱吒風雲，也來不及與他共事。不過，在兩人的相處中，他總是感到金庸十分關心報業的發展。他記得有一次，金庸夫婦來新加坡，杜南發請他們外出吃飯，那時剛好一個報販在賣《新明晚報》，時任《新明日報》總編輯的杜南發，買了這份報紙送給金庸。金庸低頭翻着報紙，説：「香港如果再出版這種報紙，應該會受歡迎。」杜南發點頭同意。那是一九九零年，香港的夜報只剩下寥寥一兩份，而在新加坡的晚報市場，卻因為《新明晚報》與《聯合晚報》互相競爭、迸發出許多火花而令市場蓬勃。「我覺得當時香港仍是有晚報市場的——我説的是沒有手機和網絡的時代，晚上，香港街頭人來人往，而且滿街都是報攤，如果有這樣一份報紙，內容又捕捉得好的話，是有市場的。」杜南發説。

一個月後，金庸再到新加坡，在香格里拉酒店住了一星期，天天都買《新明晚報》和《聯合晚報》，還特意到報攤看報販怎樣賣報、誰人會買，仔細研究。一九九三年，明報集團在香港推出小開報紙《現代日報》，但出版僅一年，於一九九四年停刊。

「這份曇花一現的《現代日報》，原來跟新加坡的《新明日報》和《聯合晚報》有一份因緣、關係，其實當時查先生已經準備退休，但他仍然關注《明報》、關注報業的發展，這反映他活到老學到老的精神。」

即日撰小說防外泄

金庸的報業大本營始終是香港《明報》，所以即使經營《新明日報》期間，也不會常去新加坡，當地報社也沒有一間金庸專用的辦公室，他也沒有安排一張屬於自己的椅子。每年，他會過去一兩次，住在酒店，下午回到報館，辦事時就坐在總編輯的位置，多數時間坐在總編輯辦公室內的沙發看書、看報紙。

唯有一次，金庸在新加坡住了整整一個半月，就是「六七暴動」期間，杜南發因而知道金庸在這段日子是怎樣寫小說的——此事是報館前輩林玉聰告訴杜南發的。「這一個半月，金庸基本上天天都來《新明日報》，來往的路線就是報社跟酒店，當時總編輯怕金庸的小說內容會泄露出去，就叫小說版編輯林玉聰搬進總編輯的辦公室。林玉聰看着金庸每天下午兩時多回來，回來後就在沙發那邊坐一坐、看一看報紙，然後到總編輯的位置開始寫小說。」那時候金庸在寫《笑傲江湖》，他把原稿紙平放在桌上，抽一根煙，構思小說，想好以後便開始動筆，排字房的同事就在門口等候。金庸每天寫三張原稿紙，每天非常精準地寫一千二百個字左右就停筆，寫好第一張紙便立即交給排字房同事拿去發排，寫好第二張紙又立即交給同事……「當然，同事排字後會打印出來給他看，但他的習慣是寫完就停，沒有多寫，沒有提早寫，都是當場寫，寫完也不會重看——他的原稿改動很少，這表示他的思想很縝密。」杜南發說林玉聰保留了十多天的手稿，後來在二零零七年全部轉讓了給杜南發。

這天，杜南發特別帶來一份金庸的手稿，內容是報章連載版《笑傲江湖》第十四回〈孤山梅莊〉。四十多年過去，薄薄的稿紙已微微泛黃，而紙上的文字仍然乾淨清晰。杜南發仍在小心翼翼地保存着這些手稿，如在保存一段新加坡報業的歲月，一段相識相知三十載的情誼。

▲一九八一年十二月十日，金庸（左二）、倪匡（右二）宴請杜南發與太太佘秀鸞後，攝於銅鑼灣東角道與駱克道交界。
（圖片提供：杜南發）

第十七回

專訪邱健恩

文：李夢

◆屢現版本層疊變
榮登經典歷年耕

康文署於香港文化博物館增設全球首個永久金庸展廳。展廳負責人在蒐羅展品的過程中，從香港中文大學專業進修學院高級講師邱健恩那裏借得眾多金庸舊版小說珍藏。邱健恩讀中學時期已時常在香港不同地區的舊書舖搜尋不同版本、年代各異的金庸小說，後來在台灣讀書時又在當地書店見過台灣出版社發行的金庸小說，還透過互聯網與新加坡等地藏家接觸，購得若干市面少見的珍藏。收藏金庸小說、漫畫及相關衍生品多年，邱健恩說收藏之於他而言，與自己一直從事的版本學研究互為補充，亦為香港流行文化的保留與傳承盡一分心力。

邱健恩自小喜歡閱讀，讀中學的時候在當年盛行的街邊舊書檔頻繁流連。他常去的書舖在大角嘴附近，在那裏，他曾買下若干《天龍八部》舊版，「大約十四元一本」。當時年紀小，他尚不知金庸小說分為正版、盜版、舊版連載版和舊版書本版等等不同體系，只記得當年書舖生意好，金庸小說閱讀者眾。

上世紀八十年代，當邱健恩在台灣讀書時，得知台灣遠景出版社早在一九八一年便出版了一系列金庸作品集。當時，一些出版社偶爾會改換書名（比如將《射鵰英雄傳》改為《大漠英雄傳》），或將文字排版和插圖等重作安排。後來，台灣的遠流出版社取得版權，最讓邱健恩印象深刻的是遠流版會採用《富春山居圖》等中國傳統名畫作為封面。近年，大陸推出了動輒定價幾千元的線裝書，令到那些原本在報紙上連載的小說增多一些「書卷氣」。書目樣式及裝幀的改換，於金庸小說的「雅化」與「經典化」，影響亦不容小覷。

一套小說炒至數萬元

邱健恩記得，二零零零年之前金庸舊版小說仍是相對易接受的價格，進入千禧年之後，因為中國內地買家不斷增多，加之舊版及修訂版珍藏不斷現身大小拍賣會，「炒賣」風氣日盛。二零一二年某次在香港舉辦的小型拍賣會，一套七本裝的金庸小說，按邱健恩的話說是「盜版中的盜版」，竟也能以三千元的高價起拍。

「書做到那種地步，已經不是用來看了。」邱健恩說，在中國內地經營古舊書和古籍善本的孔夫子舊書網，一套金庸小說全集動輒賣出三四萬人民幣

▲已絕版的金庸小說珍貴至極。

的情形並不少見。他認為，金庸舊版小説價格不斷飈升，其實是「龐大的市場需求」的某種映照。

一九八零年，作家倪匡在《我看金庸小説》一書首次提到「新版」與「舊版」的區別。後來，一九九八年台灣中央圖書館舉辦的一場金庸小説國際學術研討會上，台灣師範大學教授林保淳以〈金庸小説版本學〉為題發表論文，自此，「版本學」開始被納入金庸小説研究範疇之中。因邱健恩一向以版本學及語言學為研究方向，也因他過往數十年裏不斷擴充自己對於金庸舊版小説的收藏，將本業與愛好結合起來，也促成他對於金庸小説不同年代版本的特質及流變頗有自己的一番體會。

邱健恩在一篇名為〈自力在輪迴：尋找金庸小説經典化的原始光譜〉的論文中，歸納出金庸小説經典化的兩個面向：自力輪迴與他力轉生。所謂「自力輪迴」，是指金庸透過不斷修改並修訂自己的小説，希圖那些作品在內容、筆法乃至樣式等層面不斷美化，漸漸趨向經典。而「他力轉生」，則是金庸以出售版權的方法，鼓勵電影公司和文娛產業等資本介入，將武俠小説翻拍成電影、電視劇和舞台劇等，透過媒介形態的多元化，為小説開拓受眾群。而在邱健恩看來，學界對於金庸小説舊版正版、盜版以及修訂版等等不同版本的對比，亦是對金庸小説「自力輪迴」緣由及經過的某種梳理。

不斷修正減情節破綻

邱健恩説，金庸小説在《新晚報》、《香港商報》和《明報》連載之後，每隔一段時間就會透過「三育圖書文具公司」，以及「鄺拾記報局」出版單行本及合訂本。不過，由於當時金庸小說廣受歡迎，盜版書商常常搶在正版書面世之前推出「爬頭版」。這些盜版書，在當時通常由光明出版社和宇光圖書公司出版，如今邱健恩的藏品中，還有「光明版」的《射鵰英雄傳》。其實，說到上世紀五六十年代金庸小說頻遭盜版，原因除去那些跌宕起伏的武俠故事市場需求頗高之外，與正版書商出版速度相對緩慢亦不無關係。

邱健恩舉「三育版」《書劍恩仇錄》為例，稱這一版本的第三集在《新晚報》連載之後整整九個月才出版單行本，原因在於《書劍恩仇錄》書本版的問世，不單經過出版社對於文字的編輯及版式的設計，「還經過金庸本人的審閱與訂正」。金庸本人也曾在《書劍恩仇錄》一書的後記中說：「本書最初在報上連載，後來出版單行本，修改校訂後重印，幾乎每一句都曾改過。」例如，《新晚報》上刊載的故事發生在乾隆二十年秋天，到單行本中變為乾隆二十三年，去到修訂版，又一次變更為乾隆十八年。按照邱健恩的看法，金庸最初在報上連載小說的時候，受時間及篇幅所限，可能來不及仔細規劃故事結構就匆匆下筆，以至於在推出書本版的時候，作者需要「不斷修正那些 bug（缺陷），才不至於漏出情節上的破綻」。

金學研究者在對比新版與舊版時，除去年份、情節和人物關係上的變動及調整之外，還發覺金庸對於詞句及回目等，亦不厭其煩地修改。在邱健恩看來，對於遣詞造句的用心，是金庸身為一位小說家頗值得尊崇的地方。「小說絕不僅僅是故事那麼簡單，也包含寫作者對於語境、語感和速度感的掌控。」邱健恩說，金庸在修訂小說文字的時候，的確做到了「字斟句酌」。不論「馬匹」及「牲口」等同義詞的替換，抑或長句的精簡以及語速的拿捏，都頗能見到一位寫作者運用中文的紮實功底。

2009 年，香港中文大學專業進修學院，舉辦了一場小型金庸藏品展，邱健恩借出他過去數十年間收藏的金庸小說及漫畫。在那之後，他繼續依照版本學主題擴充自己的藏品，惟小說購入少了，漫畫愈來愈多，不單因為他從小就是漫畫迷，還因為他好奇於文字與圖像之間的轉換及互動。在他看來，金庸的武俠小說在過往六十年間之所以獲得學界及坊間如此關注，一來與作品本身質量有關，二來也因為作者深諳借勢之道，「透過各式各樣的媒介與渠道讓不同的人接觸其多姿多彩的世界」。「他力轉生」的結果是，金庸的原著文本經過不同閱歷及背景的藝術創作者及讀者重溫、改編及再審視，由不同年代的文化語境及社會情形中汲取養分，從而一直有着鮮活的生命力。

一人有一個金庸

「任何一個讀者都是金庸小說世界的持份者。」邱健恩在那篇名為〈一人有一個金庸〉的文章中這樣說道。

他強調自己不是金庸的粉絲（金庸迷），卻一直收藏金庸小說並關注金學研究進展。金庸寫作武俠小說的時間只有短短十六年，作品也只有十五部，不論時長或數目都不及同期乃至稍後的眾多武俠小說作者。但今時今日我們談論過去半個多世紀的武俠小說寫作，金庸仍是其中的佼佼者，其原因或許在於金庸的文學創作一面藉由作者的修訂，漸漸拋開通俗小說的局限，不斷向文學經典作品靠攏，而另一方面，作者又借助其他藝術媒介及渠道（如影像、音樂及舞蹈等）的幫助，將原著文本帶離文學世界，令其成為人們爭相談論的大眾文化符號。

對於金庸作品的討論不絕，邱健恩收藏金庸小說的興致亦不減。曾經有一本《鴛鴦刀》，他很想要，一直得不到，卻不覺得十分遺憾，因為他對待收藏的態度從來都是隨性自在的，不希求完整全面，也無意與他人比較。「人生總有遺憾，」邱健恩說：「藏品也不過是物件而已。」

◀一九五七年三月三育圖書文具公司出版的《射鵰英雄傳》為正版版本。

▲金庸多年來書迷眾多，當中包括周梁淑怡和王天林，金庸也樂於跟他們交流見面。

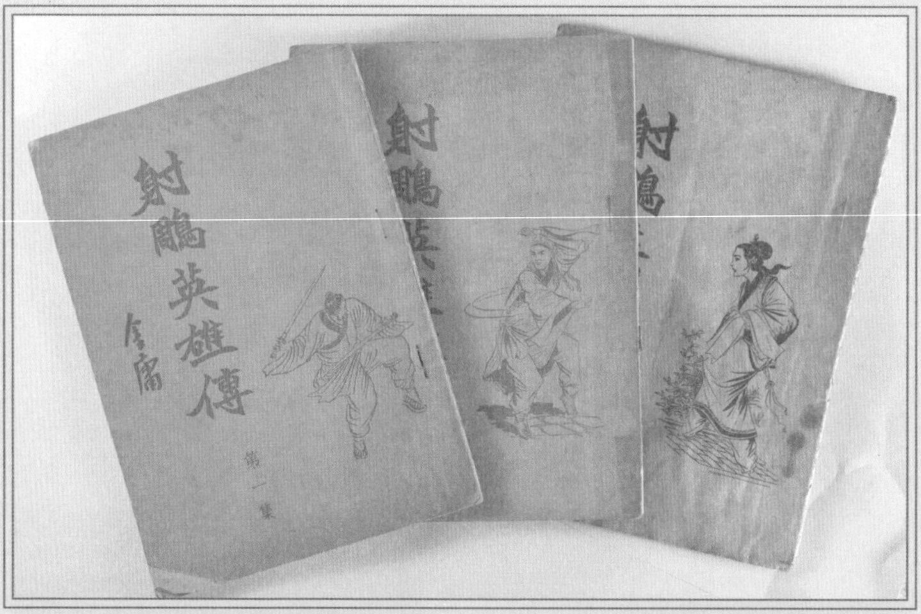

▲當年推出的盜版（爬頭版）《射鵰英雄傳》。

▲金庸的小說作品影響了幾代人，貢獻良多。

第十八回

專訪電視台金牌監製李添勝

◆十年品讀書有價
一套功成彈無虛

文：劉倩瑜

執筆時，內地製作的二零一七年版《射鵰英雄傳》正在香港播映，劇組起用新人主演，引起熱議。過去四十年，金庸小説不斷被改編成電視劇，兩岸三地作品至今超過六十部。這個金庸電視劇潮流，始自上世紀七十年代中，一九七六年佳藝電視製作了金庸劇集《射鵰英雄傳》及《神鵰俠侶》，同年，無綫《書劍恩仇錄》登場。擔任佳視版《射鵰》及《神鵰》監製的蕭笙，後來過檔無綫監製《天龍八部》及《神鵰》。那個年代無綫金庸劇的舵手還有監製《書劍恩仇錄》、《射鵰英雄傳》及《倚天屠龍記》的王天林。不過説到產量之多，不能不提先後監製了九齣金庸劇集，從少年時代起每十年必重讀一次金庸的忠實金迷李添勝。

一九七六年，李添勝剛從無綫道具布景組轉職為編導不久，他目睹金庸改編電視劇之風潮捲起。蕭笙和王天林分別為佳視及無綫製作《神鵰俠侶》及《書劍恩仇錄》等劇集，佳視在倒閉前一共製作了五部金庸改編劇，而無綫在上世紀七十年代至二千年間，更製作了約二十部。在八九十年代，無綫幾乎每年拍攝一部甚至兩部金庸劇，是港產金庸劇的高峰時期。

一九八四年，監製了不少經典時裝劇的李添勝接下了他的第一齣金庸劇。「當時劉天賜把製作《鹿鼎記》的任務交給我，還問我誰適合演韋小寶和康熙，我馬上回答：『梁朝偉演韋小寶，劉德華演康熙。』當時，他問為什麼不是由華仔演韋小寶，偉仔演康熙？」李添勝少年時代已開始讀金庸，對自己的想法並無懸念，結果，一九八四年版的《鹿鼎記》成了不少視迷心目中的經典之作。之後，李添勝陸續製作了《書劍恩仇錄》、《射鵰英雄傳》等九齣金庸劇集（涉及八部小説，《鹿鼎記》拍了八四及九八年兩個版本），數量之多，是無綫至今的一項紀錄。

李添勝中學畢業後加入無綫電視，一直至去年榮休，這天，他輕輕鬆鬆呷着咖啡回味着那些年。「當年公司知道我對金庸小説較為熟悉，加上拍攝這類武俠劇，要與多個不同部門同事合作，幕前幕後的藝人、工作人員較一般時裝劇多出不止一倍，由資歷較深的監製負責，在指揮和協調上比較容易。」

李添勝認為金庸小説其中一個特色，是透過文字呈現出豐富的畫面。「在金庸作品中，觀眾大都喜歡《射鵰》，而事實上，這部作品也是無懈可擊，金庸在寫作上運用了很多不同技巧，可説是金庸巔峰之作。例如有一段講述郭靖被歐陽鋒打傷，繼而遭楊康用刀刺傷，黃蓉和他無意中走進牛家村一家飯店的密室療傷，密室有一個小孔可以看到外面的情況。於是金庸運用了舞台的技巧去處理，從小孔看到一群又一群人進進出出，一切來得十分自然毫不突兀，突顯出他的創作技巧之高超，令人佩服。」

炎夏拍《雪山飛狐》　搭棚降溫

金庸的寫作技巧高超，李添勝覺得作為監製，製作金庸改編劇是一種享受，但他不諱言，有時在拍攝上要忠於原著有一定的難度。「在八九十年代，沒有今天的電腦科技協助，有些畫面真是拍不到，只好作出改動。例如《笑傲江湖》的黑木崖上那座吊籃升降機就沒有辦法製造出來，要分鏡拍攝升降時的場面，另外，《書劍》有一場講述『火手判官』張召重掉進谷中被群狼撕咬，一個大奸人的收場確是震撼，但要找一狼群來演，談何容易。既然不能保留原著的情節，我們就去想其他的處理手法，安排他自殺或者被他人所殺。安排張召重自殺，會有一種『人之將死，其言也善』的味道，但觀眾看得不夠暢快，我們最後選擇滿足觀眾，安排奸的死在忠的手上。」（註：第十八回「余魚同把張召重提到城牆牆頭……從徐天宏手裏接過單刀，割斷縛住張召重手足的繩索，左腿橫掃，把他踢落。群狼不等他着地，已躍在半空搶奪。」）

拍武俠劇，尋找場地經常是一大頭痛任務，拍攝《神鵰俠侶》時，李添勝也遇上這個棘手問題。「其中有一場講述楊過帶着神鵰在襄陽城營救被縛於城樓高台上的郭襄。我們要找一個地方搭建城樓，因為有動作打鬥場面，地方要夠大，背景不可穿幫，最終找到沙田作壆坑村，那兒不僅地方合適，毗鄰是屋邨，有食肆可解決飯食和休息等需要。」李添勝説，演員拍攝古裝武俠劇特別辛苦，因此，他總會盡力安排較為理想的休息環境。「拍攝《雪山飛狐》時為八月，演員要在炎夏穿上嚴冬厚厚的戲服，公司的檔期一部接一部，沒有辦法改動，我可以做的就是花錢租發電車，為穿上一身冬衣的演員預備電動風扇、搭草棚降溫。」

高價求小龍女長髮

或許是曾經在道具布景組工作過，李添勝對於演員的造型十分看重。「拍《神鵰俠侶》，我找李若彤演小龍女，因為她有小龍女的冷，而且面形不用太多的修飾，化一個淡妝就可以了，最重要是髮型，要替她找來一把蓋過臀部的頭髮。我們拍古裝劇，是用真頭髮的，因為假頭髮會打結，但這樣長的真髮並不易找，當時出了很高的價錢也沒有回音。我告訴梳妝同事，沒有到臀部的，起碼也要一把及腰的，幸好最後找到，否則角色就會失去味道。」

製作電視劇多年，李添勝認為故事一定要照顧觀眾的感受，要贏得好口碑，離不開觀眾熟悉的人和事，還有人與人之間的倫理關係。「武俠小說雖然是一個抽離現實的世界，但正正就是因為在另一個世界，一切在現實生活中不敢去做但很想做的事情，都可以在武俠世界裏做到。例如男歡女愛那些肉麻的情話，在現實生活中永遠出不了口，但在武俠劇裏出現就會很動人。每一部金庸作品都有其中心思想，每一個主角都有一段與別不同的感情，金庸對感情有他獨到的理解，寫情寫得很深很真，並不累贅。好像《倚天屠龍記》描述趙明（修訂本改為趙敏）愛上張無忌的一幕，就寫得一針見血。」

故事講述趙明邀請張無忌等明教人士到綠柳莊吃酒，她在席間下毒，張無忌圖向趙明取解藥，卻與她同時落入莊內的地窖。「張無忌為了逼趙明交出解藥，先點她的穴，繼而把她的鞋襪脫去，以九陽功擦她腳底的湧泉穴，其實就是騷她的腳底，趙明抵不住癢，只好把張無忌放了（第二十三回〈靈芙醉客綠柳莊〉）。之後金庸筆鋒一轉，描寫趙明如狼似虎要把這個男人拉到她身邊。」李添勝手中無書也無劇本，卻能一字一句把原文背出來：「小說這樣寫道：『……在這一霎時之間，心中起了異樣的感覺，似乎只想他再來摸一摸自己的腳。』」且語調還充滿情感。

《笑傲》角色多　站三天看造型

張無忌優柔寡斷，相比之下，李添勝更欣賞令狐沖的灑脫和打不死的性格，是以《笑傲江湖》是他個人最喜愛的金庸小說。回想當年《笑傲江湖》還未正式開機，已經教這位監製累到腳軟。「這部作品人很多，五嶽劍派（嵩山派、泰山派、華山派、衡山派、恆山派），每派都有掌門人、師兄師妹，令狐沖江湖上的老友藍鳳凰、祖千秋，還有少林、武當、日月神教人士，我在化妝間看造型足足站了三天，現在要重拍《笑傲江湖》，單是找演員也不容易。」

李添勝説，金庸的小説其中一個吸引的原因，是不僅主角寫得好看，旁枝角色也出色，「所以拍金庸劇集需要很多甘草演員參與，當年無綫是剛好有這樣一批來自電影界及話劇界的資深藝員加盟，實在是適逢其會」。

不同年代的金庸劇亦見證了演員的成長，八三年《射鵰英雄傳》王天林找來曾江演黃藥師，二零一七年版由演過楊康的苗僑偉化身東邪，同一個角色在不同年代由不同的演員演繹，一個演員在不同階段演不同的角色，金庸筆下的故事和人物就這樣在電視劇集中一直重生，金庸傳奇一直延續。

秋官羅記主題曲鬧雙胞

周梁淑怡説，查先生説話不多，在製作上對專業的電視人很信任，沒有提出太多意見，但由於是無綫的第一部金庸劇，公司十分着緊，對選角很嚴謹。「由鄭少秋演陳家洛，大家都認為很適合，但回族的香香公主一角，要找一個年輕、漂亮又有點像外族的演員，就一直找不着。印象中，是黃霑把余安安推薦給我們的。」周梁淑怡説，在製作過程中最深刻的，是主題曲鬧雙胞胎事件。「當時是鄭少秋和羅文之爭，最後我決定兩人各唱一個版本，分別在片頭及片尾播放，風波才告平息。」多年來，金庸小説改編劇集除了內容本身，其主題曲及插曲也多受到歡迎。「射鵰引弓塞外奔馳……」，羅文與甄妮合唱的一九八三年版《射鵰英雄傳》的主題曲《鐵血丹心》，在三十多年後再度成為新版《射鵰》的片頭曲。

■改編軼事

TVB遇上金庸
黃霑薦余安安演香香周梁家中密斟拍《書劍》

回看來時路，一九七六年，無綫開拍金庸劇集，話說時任助理總經理的周梁淑怡和才子黃霑原來是牽頭人。「我和黃霑是熟朋友，年輕時在商台相識，他的口琴很了得，我就愛唱歌。」問起周梁淑怡當年購買《書劍恩仇錄》版權的始末時，她回憶着說：「黃霑建議我們製作金庸改編劇，相約我和查先生一聚。因為我們希望可以輕鬆一點，加上事關機密，就決定在我的家見面。」

▲金庸的多本著作也曾被改編成影視作品，當中最燴炙人口的相信是劉德華（右二）於一九八六年主演的電視劇《神鵰俠侶》，當年金庸親自到場為劇中的神鵰點睛。

▲在金庸武俠小說改編的電視劇及電影中，鄭少秋曾飾演《倚天屠龍記》的「張無忌」及《書劍恩仇錄》的「陳家洛」，當年他更獲金庸大讚，說他正是自己心目中的張無忌。

▲金庸（左）曾在接受訪問時提過他一生有三段婚姻及一次暗戀，其夢中情人就是有「長城大公主」之稱的一代傳奇女星夏夢（右）。

▲因其小說曾被多次改編成影視作品，金庸與不少影視圈中人也有交流，包括曾飾演黃藥師的曾江（左二）及飾演黃蓉的米雪（左一）。

第十九回

傾聽大俠名嘴

◆ 聲音演江風惡浪
大氣展舌劍唇槍

文：劉倩瑜

金庸小説系列在上世紀五十至七十年代初陸續面世，其時正值香港廣播劇全盛時期，電台製作的廣播劇從愛情、倫理到恐怖、懸疑、文教歷史甚至艷情，林林總總包羅萬有，其中香港電台就在八十年代初開始製作金庸小説廣播劇，自此，本地的金庸迷可以用耳朵讀金庸。近年，社企「好聲」製作金庸小説聲音書，讓金庸的俠氣更廣泛傳播。至於香港以外的華人地區不少粵語和普通話的説書製作，也將金庸作品發揚光大。

Eason 小寶戰 King Sir 鰲拜

香港電台在八十年代開始先後製作了《連城訣》、《雪山飛狐》、《飛狐外傳》、《笑傲江湖》、《射鵰英雄傳》、《神鵰俠侶》和《倚天屠龍記》、《書劍恩仇錄》等，在二零零零年再製作長達百集的《鹿鼎記》。《連城訣》、《雪山飛狐》均由導演冼杞然監製，《連城訣》更請來鄭少秋唱主題曲，《書劍恩仇錄》由謝君豪和梁詠琪演繹乾隆與香香公主，《鹿鼎記》的韋小寶找來陳奕迅擔演，鍾景輝演鰲拜，資深演員及電視劇監製梁天演吳三桂。「八十年代，金庸小説風行，港台在當時的廣播處長張敏儀鼓勵下跟查良鏞先生斟洽版權，查先生對港台的製作很有信心，相信我們的製作會忠於原著，便答應把版權交給我們。」在以上多部劇中均有演出，也是《書劍恩仇錄》和《鹿鼎記》監製的資深廣播人姚秀鈴説。

參與過多部金庸作品的姚秀鈴説，個人最喜愛的是《笑傲江湖》，她當年飾演小尼姑儀琳，而在製作過程中發生的一件事令她很難忘。「當年飾演主角令狐沖的是熊良錫（播音員兼電視藝人），當廣播劇播到中後段時，他身體不適入院動手術，術後需要休養一段時間，我們被迫中途換人，由編導李學斌代演。當年廣播劇是普羅階層主要的娛樂，他們每天都追着收聽，當他們發現令狐沖換了另一把聲音，就很不開心，紛紛來電表達意見。」

姚秀鈴回憶上世紀錄製廣播劇時，沒有今天特效的幫助，很多聲音都是靠人手炮製。錄製金庸小説這種有不少大場面和武俠動作的故事時，就更需要發揮創意和熟練的技巧。「例如射箭，會揮動一條縛着電線的藤條，對打就打在一疊紙上，要聽到拳風就揮動一塊布。當劇情需要馬匹奔跑的聲音，會以雙手各執一個椰殼扮馬蹄聲，前輩技巧好，兩個椰殼可以變出四隻馬蹄，新人常常都會被取笑匹馬得三隻腳。」

同為廣播人，商台長壽廣播劇《十八樓C座》監製馮志豐與金庸的相遇，早在當童星的時代。他曾在無綫製作的《射鵰英雄傳》和《神鵰俠侶》中演小郭靖和小楊過。「記得拍攝《射鵰英雄傳》時，其中一場描述郭靖遇上黑風雙煞（『鐵屍』梅超風與『銅屍』陳玄風合稱），那天我們在大嶼山拍攝，天氣寒冷，我要在單薄的戲服內加一層報紙來保溫。拍攝《神鵰俠侶》時，江毅叔扮演『飛天蝙蝠』柯鎮惡，他的演技精湛，年紀小小的我見到他會感到懼怕。那場戲描述我帶着受了傷的歐陽鋒到破廟去躲避，雙目失明的柯鎮惡來了，江毅叔邊走邊揮動拐杖，當時我有點擔心會被拐杖擊中。」

社企有聲書圓黃霑遺願

童年回憶再加上長大後在電台工作多年的經驗，促成了三年前馮志豐跟金庸作品的「重逢」。二零一四年，與金庸、倪匡、蔡瀾被譽為「香港四大才子」的黃霑逝世十周年，他生前的生意拍檔、製作人蕭潮順想到要圓黃霑一個遺願。

在蕭潮順創辦的社企「好聲」網站上，有社企創立的緣起：

「香港由簡樸的小漁村，發展成繁華的大都會，前人的辛勤與智慧，成就豐盛的傳奇。歲月留聲，這裏有無數值得保留和傳承的珍貴聲音，亦是香港一代鬼才黃霑先生的心願。」蕭潮順說：「霑叔是一位很有先見的人，當互聯網還沒有很普及，他已經說要發展網站，在他離世前不久，他說要趕快把一些珍貴的聲音保留下來，製作口述歷史，於是我們跟著名《天空小說》播音員李我合製了《李我的天空》光碟並後製成有聲書，由李我親述生平軼事。光碟面世後，霑叔就離開了，我們的製作也停了下來。直至霑叔逝世十周年，我們想到要繼續發展這個項目。」

秀姑演黃蓉　古仔李若彤重逢

蕭潮順與社企另一位創辦人、息影多年的黃杏秀討論發展方向，「秀姑提出要製作金庸小說有聲書」。

黃杏秀說：「金庸是一位不可多得的作家，他能夠代表一個年代，我希望透過有聲書將金庸作品介紹給更多人，甚至是不懂中文的人。」。學生時代開始看金庸小說的黃杏秀，對於金庸的所有小說作品都十分熟悉，在有聲書中首度演黃蓉的她直言「根本不用消化（角色的性格）」。

黃杏秀說人人都覺得她在電視劇演過黃蓉，其實她演過的金庸女郎是阿朱和鍾靈。那是一九八二年版的《天龍八部》，「監製蕭笙屬意我演性格調皮的鍾靈，我向來不會主動爭取演什麼角色，但我實在很喜歡阿朱，就向蕭笙要求，他想了一兩天就作了決定，讓我一人分飾兩角。」

阿朱和鍾靈是同父異母的姊妹，黃杏秀覺得容貌相似也合理，但二人性情各異，她就決定借助不同的造型幫助投入角色。「我向來都喜歡參與角色造型的創作，那次更是要利用造型將角色清楚區分，每天拍攝時化好了哪個妝，穿上哪一套戲服，就會自自然然投入變成那個角色，細心的觀眾定會發現我在戲中甚少轉變造型呢。」

二零一四年，「好聲」得到金庸授予版權，馬上開始製作，至今推出了《射鵰英雄傳》和《神鵰俠侶》兩部作品。蕭潮順說，由於他一直以來都是做電視和演唱會，這一回的製作是沒有影像的，錄像和純聲音的製作很不相同。「『好聲』的另一位創辦人葉潔馨曾經在電台工作過，她認為需要具有製作廣播劇經驗的人來監製，於是我們就去找馮志豐當監製。」

馮志豐說：「『好聲』的金庸系列是游走在傳統說書人與廣播劇之間。傳統單人說書年代久遠，說書人講得動聽聽眾就會一直追下去，但隨時代變遷需要作出調適，我們除了請陶傑擔任說書人，還加入了廣播劇的元素，就是對白的演繹及特別聲效。在製作過程中有不少難忘的地方，如《射鵰英雄傳》中，黑風雙煞出場時就很好玩，因為角色眾多，我們要透過聲音去描述陰氣深深的黑夜裏，江南七怪在樹林發現黑風雙煞的情景。由於七怪其中一怪被黑風雙煞打死，那段戲還滲着情感。」（註：「笑彌陀」張阿生在這場荒山夜戰中為了營救心愛的「越女劍」韓小瑩，遭陳玄風打死，在臨死前向韓小瑩表白。）

說到金庸作品中的情，當然還有《神鵰俠侶》的楊過與小龍女。蕭潮順說當他們邀請古天樂演楊過，他提出了一個要求：把李若彤找回來，結果李若彤真的答應出演，就這樣，一九九五年版《神鵰》的過兒和姑姑在二十多年後重遇。

張智霖靚靚想演陳家洛霍青桐

《神鵰俠侶》有聲書在去年完成，蕭潮順說接下來想製作的是金庸的首部作品《書劍恩仇錄》。「早前跟張智霖和袁詠儀聊起，他們說如有機會，希望可以演出《書劍》有聲書，分飾陳家洛和霍青桐。」先後出演過電視版的郭靖和陳玄風的張智霖，聲演紅花會總舵主，與曾出演台灣製作《笑傲江湖》任盈盈的袁詠儀來個夫妻檔演出，吸引力滿分，蕭潮順心目中還開出了更多夢幻陣容，「例如由周星馳演《鹿鼎記》」，一九九二年電影版的韋小寶重出江湖，絕對令人期待。

▲▶金庸對港台把自己的小說製作成廣播劇很有信心，當時可算是家喻戶曉，家家戶戶也聽得如癡如醉。

第二十回

專訪蔡堅

◆靈素邪門出義舉
杏林正道應傳揚

文：朱一心

蔡堅醫生是一名不折不扣的武俠小說迷。自小迷上金庸，如今自稱「兩蚊雞人」（夠年齡享兩元乘車優惠），仍在追看《武俠世界》雜誌。熱愛武俠，因為武俠成就他為大俠，快意解恩仇……迷人、過癮、俠義。

他也感到，武俠和醫療有着絲絲縷縷相通之處，武林講究名門正派，醫生也講究師父和專科，武俠重情義，醫生組織也一樣。

半個世紀過去，除了金庸作品，蔡堅醫生依舊熱愛武俠小說，喬靖夫和黃易的武俠小說常伴他入眠，還曾埋怨人家為何出書出得慢，等待《武道狂之詩》出版第 18 卷，等到頸都長！

訪問蔡醫生，他重複提起金庸小說人物程靈素多次，認為這位女俠醫術高明，具俠客情懷：「論醫術，『一陽指』一燈大師的師弟天竺神僧，本來算是最高，但天竺不識武功啊！在金庸系列中，我最敬佩的人是程靈素，她醫術和武功都高強，又有醫德，願意犧牲自己救胡斐。」程靈素是毒手藥王的徒弟，擅長種植草藥，鑽研毒物。蔡醫生腦袋厲害啊，這麼多年還記得金庸小說的人物和情節！「當然記得，我間中還會翻看，三四十歲移民加拿大時，又重溫了一次，當時帶了金庸小說移民，陪伴兩個兒子一起看。」

蔡醫生家裏收藏了不少武俠小說和雜誌，僅是《武俠世界》就有逾千本。他認為武俠情懷多少影響他的性格、正義感和剛烈性情，同時，他也感到武俠的情義和名門正派，與現代醫療系統有着相通關係。

受鄰家師奶薰陶 愛上金庸作品

說來，蔡堅是夾在兩大武俠迷之下成長。一個是父親，愛看《武俠世界》，另一個是小時候的鄰家師奶，她愛看金庸，大人看完就給小蔡堅接棒，看完後他一本一本的收藏起來。「開始看金庸大概是 1959、1960 年，那時我念喇沙小學，放學後會找隔壁師奶的兒子，問他數學功課。坐在沙發等他回來，發現師奶竟是金庸迷，她看的是一本一回的金庸武俠書仔，每周出一本，我那時不懂什麼『問世間情是何物』，但愛看功夫招數和打劍，也愛看黃蓉作弄人。」時至今日，他仍記得黃蓉煮東西給洪七公吃，為的是哄洪七公教她武功；「我覺得黃蓉的火腿蒸豆腐和叫化雞，味道很滲透。這些情節，在生活中也重遇，我當醫生後有次去上海，就吃到叫化雞，真的如黃蓉所做，要敲碎包着雞的泥。」一九五九年金庸剛完成《射鵰英雄傳》，同期推出《神鵰俠侶》及《雪山飛狐》。

身為醫生，蔡堅選了程靈素為十五套金庸小說中最傑出醫術的人，為什麼不是內功深厚的張無忌，又或替阿紫進行眼珠移植的虛竹和尚？又或盡得無崖子雜學真傳，習得醫術的蘇星河？蔡醫生解釋，張無忌雖然內功深厚，又學了《九陽真經》，但他仍不如程靈素的俠義和具犧牲精神，而虛竹和尚的換眼醫術，他根本不信，那自然不入名醫高手:「到今時今日，我也不相信虛竹能換眼睛，因為眼神經是駁不到的，林順潮教授也做不到，你看，那深圳小朋友（二零一三年被挖去眼睛後往深圳接受治療的山西男童小斌斌）也只是換了假眼，等待未來科技。」至於蘇星河，由於心腸不好，絕不會入蔡醫生的名醫榜:「醫術高的人就應有醫德，不過，他有一事似我——愛看雜書——我也是。」

做了半輩子武俠迷，他感到小時候看金庸，到二十一世紀看武俠小說，格鬥官能刺激雖有不同，但情義和俠客，歲月流金，卻從沒改變。身為醫學會會長的他豪邁地說:「醫學會也有兄弟道義，也跟武俠的情節相似，你也會給人出賣，在爭拗後，我會盡量維持朋友關係，但有些事情發生了，不可維持就是不可以。無論讀者看金庸當年寫的武俠，還是今日喬靖夫寫的《武道狂之詩》，都是俠義，多年沒變化。」

旁門左道就是「魔教」？

除了俠義，他心目中小說的武俠和香港的醫療架構尚有另一相通貫穿，那就是名門正教:「《笑傲江湖》的令狐沖，最後愛上任盈盈，她就是魔教的仙姑了。武林人士講究正教，少林和武當等是正教，不是的就是旁門左道，就是魔教；同樣道理，以家庭醫生為例，你要取個家庭醫學專科醫生資格，這才算是家庭醫生，在這之外，若沒考過便不算是家庭醫生？不過我認為這個制度並不很對。」在香港，現在不要說家庭醫生，就算揸水煲沖茶也快要拿個註冊水煲師，那考牌有什麼不對勁？

蔡堅說，他是少數身兼專科和家庭醫學專科的醫生，兩邊都考了試，所以沒人說：「你沒考牌才這樣講！」他解釋：「因為很多國家的醫生，不是專科醫生，就是家庭醫生。」（北美和英國公民看的家庭醫生是GP，即普通科醫生或全科）

「很多病都可由家庭醫生去看，不用什麼也轉介去專科醫生。但現在是，有前列腺問題，病人就要去看泌尿科；你失業你失眠鬧情緒，就要去看精神科，但精神科醫生是看思覺失調、抑鬱症的……病人隻手有一個小點，取細胞去化驗，本來是家庭醫生的工作，但現在又要去找專科醫生去做。」分科太細，令到現在醫管局每項專科都在大排長龍。

談到門派與輩分，蔡堅醫生說，以前人家叫他「堅哥」，後來叫「堅叔」，現在叫「堅爺」，年輕醫生見到他，都走過來鞠躬行禮，醫生也講究師父師祖師叔師爺，這種關係與武俠小說的論資排輩很相似。貴為堅爺，外號「杏林正棍」，在武俠中化身俠客，斬除奸人，但在現實世界，則參加醫學組織，希望為醫療界及市民發聲。

武林系統恩怨情仇排資論輩簡單利落，回到現實，醫療架構卻龐大複雜，方向是愈來愈專科再分專科中的專科。第四度披甲上陣當上二零一六至二零一八年香港醫學會會長的蔡大俠，回到現實無奈地說：「現在醫療架構不是不夠醫生，而是不夠樣樣都做的醫生。專科排隊要排三年排五年，病情惡化，等到死，你問為何條隊不加快，因為你已經不願接受中間水平的醫療，你要最高水平的醫療。」

不過，也有些病人排隊看政府醫生，不是為了專科不專科，而是因為便宜，那蔡堅醫生也問：「是否有些私家醫生收費太貴？如何拉到一條線，醫生可以生存，病人可以看病？」記者這次在他太子道西的診所訪問，又大又舒服，他說：「好彩我死鬼老竇剩落這個舖位給我，不用交租，不然醫生一個四百呎中環單位，月租七萬元，再加上讀專科的學費，醫生收費是否可以便宜些？」

年輕愛段譽 現愛喬峰令狐沖

從《射鵰》、《神鵰》、《倚天》……蔡醫生來回看了金庸小說兩三次，物換星移，堅爺年輕時喜歡段譽，現在愈來愈喜歡《笑傲江湖》的令狐沖，佩服他與採花賊比試武功，輸了，又再去學習，終於學到無敵的劍術。這其實與他鼓勵醫生不斷進修很相似：「我認為解決基層醫療問題，是醫生不斷學習，可以在基層層面照顧病人，而不是凡病都轉介，我現在也讀了老人科，因為我的病人有七成是長者，半成是BB，因此我也讀了兒科。」蔡堅還念了職業病和傳染病等文憑。

「年輕時，喜歡段譽武功好，又『溝』到靚女，現在年紀大了，我已是『兩蚊雞人』，現在喜歡喬峰這悲劇英雄，他的犧牲精神才真正切合武俠的精髓，我也喜歡令狐沖的自在，人生有時要無奈地接受一些事情，無論事業或愛情，路不是直，路很迂迴。不似得司長講的，人到無求品自高。」（編按：二零一五年十月十六日政務司長林鄭月娥在立法會就鉛水事件發言時，以『官到無求膽自大』回應）

武俠和醫學還有一點共通，都能治病，堅爺怡然一笑，道：「看武俠小說可以減壓，在武俠中我是大俠，痛快！離開現實，到另一境界可以斬奸人頭，想像天馬行空，好開心。」乾脆利落，「杏林正棍」不會前怕狼後怕虎。

▲金庸素來喜歡音樂，故他撐着拐杖由看護攙扶也要出席《殿堂巨星音樂演唱會——劉詩昆和他的朋友們》的記者招待會，上台向劉詩昆敬酒。

▲二零零七年五月十九日張忠謀（左一）、金庸（左二）和林懷民（左三）榮獲政大榮譽博士學位。

◀▲金庸榮獲國立清華大學授予名譽文學博士學位，於頒授典禮上獲頒榮譽教授證書。

（圖片提供：李純恩）

第二十一回

一醉書裏酒香香滿路

劍畔酒香歸何境

身邊物趣逸武林

文：劉信全

金庸寫的武俠小說，涉獵的層面極廣，除了基本的武術言情情節外，還包括儒家傳統思想、中國歷史背景、山川人物、琴棋書畫、天文地理，甚至歧黃醫術，奇花異草等等，這回，筆者試圖分析金庸小說中有關喝酒的說法。

筆者對酒產生興趣，始於少時，因父執輩愛看武俠小說，受到他們的薰陶，亦情迷其中。有天，在一武俠小說中看到有關女兒紅[註1]的論述，筆者當時其實對酒類一無所知，驚奇竟有這麼的一款飲品，可在陳年後變為醇醪。剛好先父不久前帶了一瓶威士忌回家，筆者好奇心起，擅取了一些注入一塑膠小瓶，埋在家中花園中，意圖在年長時掘出看看有否改進。雖然後來因搬離舊居，並沒有把小瓶掘出審視，但無論如何，這事正是筆者對酒類發生興趣之始，亦與武俠小說有了一些關聯。

丘處機內功逼酒　正中酒徒豪飲夢

金庸的武俠小說，可算是壯闊筆者對酒類發生興趣的啟蒙老師。話說在筆者成長期的上世紀五六十年代，一般人喝的酒，大多是中式土炮如燒酒、雙蒸等，較富有的人家，會飲用紹興酒或以白蘭地等烈酒自用及在喜慶時拿出來饗客。而當年的酒徒，多以能喝，擁有海量為榮。不知是否這原因，金庸的小說中，起碼有兩次把豪飲能喝的觀念，植入小說內，其中在《射鵰英雄傳》第二回，講述長春子丘處機初會江南七怪時，以四百多斤的銅缸載滿了酒，與七怪鬥酒量。長春子以一敵七，一口氣連喝二十八大碗酒而面不改容，相信必令自負有好酒量的讀者們看得如癡如醉。後來筆鋒一轉，再說到丘處機竟然能用內功把酒液從腳底逼出體外，令他可喝百碗也無礙，正好說到所有喜好鬥酒的人的心窩處，連當時尚屬少年的筆者，也祈盼自己能擁有該等能力，可不知那是否也是查先生的夢想，藉小說橋段表露出來呢？

事實上，從金庸小說中可反映到金庸極其欣賞「酒」量汪涵的人物。在他另外一本小說《天龍八部》第十四回〈劇飲千杯男兒事〉中，說到段譽初遇喬峰，與他對飲，原本不勝酒力，但後來用內力把酒液從指尖逼出來，令一個毫無酒量的書生，竟然可喝上四十大碗高粱酒[註2]便是另一個例子。有人說，一本小說之所以能成功，因素之一是它能反映時代發生的事，上述兩個例子，不正好是反映當年港人追求能豪飲不醉的渴求嗎？但現今回看，酒液中的酒精和水分一入人體，會分兩個途徑處理，酒精從胃壁進入血液系統，經肝臟分解消化，而水分由腸臟吸收，化作汗水或尿液排出體外，所以酒精不可能隨水分流出；因此，就算小說的夢幻橋段成真，丘處機和段譽也不可能避免醉倒，只是小說天馬行空的橋段，原是虛構，又何需深究！

射鵰「蒙瓶聞酒」　辨出浙江女兒紅

在《射鵰英雄傳》中另一些地方，對酒的評述卻是十分貼切，例如在第二回介紹馬王神韓寶駒出場時，說到韓餵他的馬兒喝水，喝的卻原來是酒時，旁觀的完顏洪烈「聞得酒香，竟是浙江紹興的女兒紅，從酒香辨來，至少是十來年的陳酒」，這正好類似今人蒙瓶試酒，從酒香推斷是在什麼地方生產的，用什麼葡萄釀製一樣。事實上，嗅覺對分辨酒，佔舉足輕重的地位，因我們說的酒的味道，其實主要是由鼻子後方的嗅覺細胞分辨出來的，所以如傷風鼻塞，我們對味道分辨的能力便會大打折扣，不信的可用夾子夾着鼻子去嘗酒，便會明白此言不虛。類似有關酒香的記述，在《天龍八部》第十三回，說阿朱憑酒香得悉敵人來犯，也是言之成理的。

同樣地，在《射鵰英雄傳》第二回，描述「越女劍」韓小瑩在與丘處機鬥酒時因把酒喝得急了，頃刻之間，雪白的臉頰上泛上了桃紅，這在人體生理學上也是有根有據的。正如上文所述，酒入腸胃後被吸收至血液，酒精短時間走遍全身，要至肝臟才被分解，如喝酒太急，血液內酒精的積聚量比肝臟分解快很多時，便會有臉紅的迹象。事實上，有不少亞洲人天生缺乏一種在體內負責酒精代謝作用的酵素，所以即使只喝小量的酒精飲品便會臉紅；很多時有不少朋友問筆者，喝酒時臉紅好還是不好，答案便在這裏。

降龍十八掌　精要如葡萄酒

金庸小說，對界定何謂好酒，也有精辟的見解，在《射鵰英雄傳》第十二回，洪七公教郭靖降龍十八掌時便說到，掌法的精要不在於「亢」字而在「悔」字，正如上好陳年美酒，上口不辣，後勁卻是醇厚無比。這個說法，真的是說到骨子裏去，不只對評論紹興酒，對葡萄酒也同樣適用。現今對評定何謂頂級葡萄酒的定義，其中重要的一條便是必須具有陳年的潛力，因頂尖的葡萄酒，經過歲月的沉澱，才可以展現出必須經過時日方能出現的香氣和複雜性，年輕時的稜角才會消失掉，令酒進入醇厚無比的階段。

但不知是否因女兒紅酒經陳年後變佳的概念深入民心，或因頂級舊酒的價錢屢破紀錄的緣故，在一些人的心中便產生了「陳酒必好」的謬誤，更甚者把這概念也套用在烈酒方面。事實上，以葡萄酒為例，絕大部分在市面上銷售的酒都不適宜長時間陳年，宜在短時間內便喝掉。

▲圖為法國波爾多酒莊 Chateau Branaire Ducru 限量版二零零零年中文酒標葡萄酒，酒瓶特別印有早前國泰餐酒中文命名大賽勝出名稱「周伯通」，並由金庸親筆提字。

烈酒方面，如威士忌和白蘭地等，雖然它們的味道有百分之七十來自橡木桶陳年，但也並非一定愈陳愈好，因要有很多條件的配合，才造就出能長時間在木桶內陳年後變為醇醪的機會。必須強調，威士忌、白蘭地和伏特加等烈酒，在裝瓶後便不會像葡萄酒一般有可能繼續在瓶內改進。為了確認這一點，筆者早前訪問蘇格蘭的蒸餾廠時，特別詢之於兩位著名的勾兑大師（master blender），兩人都肯定筆者這理解是正確無誤的。因此，《鹿鼎記》三十六回，把沙皇獵宮的地窖之中藏了數十年的陳年伏特加酒[註3]說成是最好的伏特加酒大有可斟酌的地方，因伏特加酒入瓶後，雖陳年數十年也應沒有改進，只會走下坡。

《笑傲》百杯配百酒　領先潮流

近年來不少葡萄酒杯製造商都銳意製造不同大小，不同形狀的葡萄酒杯，大力鼓吹以不同的酒杯配不同葡萄釀成的酒，或不同風格的酒。金庸在這方面可說是跑在時代之先，在一九六七至一九六九年期間寫就的《笑傲江湖》一書內已提出，應以不同的杯配不同的酒，只是書中第十四回借祖千秋說出的論點是應以不同的材料造成的酒杯去配不同的酒，例如喝汾酒當用玉杯，以增酒色，用犀角杯配關外白酒，以增酒之香，以夜光杯配葡萄酒，以增豪氣，飲高粱酒，應輔以青銅酒爵，始添古意等等。不知香港葡萄酒杯的代理商，會否把這些意見反饋製造商，說不定可創造新商機，替金庸先生進一步揚名天下。一笑。

筆者與金庸素未謀面，對其飲酒喜好、習慣等所知不多，蕪文所言，純屬臆度，如謬以千里，還望海涵。

◆註 1：

女兒紅，泛指紹興黃酒中經陳年後的品質上乘者，今亦有酒廠以此為品牌。是用優質的糯米，上好的酒麴加上江浙的泉水，按古法釀製再窖藏十數年而成，品質較一般的紹興酒為高。早至宋代，紹興就是有名的酒產地，紹興人有一習俗，家裏生了孩子，等到孩子滿月時，就會選花雕酒數壜，泥封壜口，埋於地下或藏於地窖內，如果是兒子就盼望他讀飽詩書高中狀元，屆時用以款待親朋，故名為「狀元紅」。如果是女兒，出嫁時取出招待親朋戚友，由此得名「女兒紅」。

◆註 2：

高粱酒，一種以高粱為主要釀酒原料的蒸餾酒，是中國燒酒中的主流。中國燒酒（白酒）一般認為起源於中國元代，其製作方法可能源自阿拉伯人的蒸餾酒技術。在元代時，阿拉伯的亞力酒傳入中國，蒸餾酒技術也隨之傳入。也有說法認為唐朝時已經有蒸餾酒，此說法更符合《天龍八部》設定的北宋時代背景。

◆註 3：

伏特加酒，相信在一般港人心目中是蘇俄的特產，其實歷史上波蘭和俄羅斯都是伏特加酒的中心產地，至二十一世紀伏特加已成為全球最流行的烈酒之一，在世界各地都有出產。製造伏持加酒的原料，理論上所有可供發酵的農作物都適宜。由於伏特加酒飲家追求的是精純無瑕的酒精，再加上它很多時候被用於調製雞尾酒，所以伏特加酒在蒸餾時會使用特別的蒸餾器，令蒸餾出來的酒液的酒精度高達九十六度，接近純酒精的地步，有些廠家其後會再經活性炭過濾，令酒液更加精純，至入瓶時才加水調低酒精度，但絕大部分的伏特加酒不應也不會長時間陳年。

◀金庸（右）與鍾士元（左）在政壇上都是一代老前輩，地位超然。

▲金庸與兩位香港一代名女人張敏儀及林燕妮均有交情。

第二十二回

鄭政恆論金學門派

◆百家論說金庸筆
千處迴蕩巨著名

文：鄭政恆

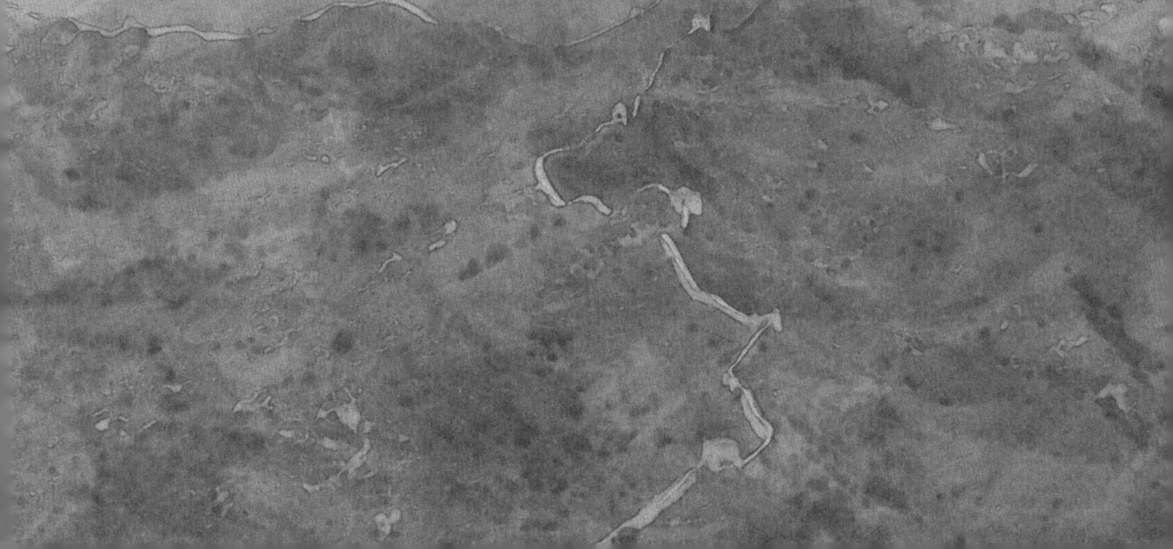

我在九十年代開始看金庸，在互聯網尚未發達的年代，一本又一本捧着追看，如今金庸小說的讀者之數，似乎不如往昔，但也無礙我們進深了解金庸的小說世界。

二零一六年我編輯《金庸：從香港到世界》一書，預備過程中，參考了多部論文集和金庸小說研究專書，當然也蒐羅了不少單篇論文、文集、雜誌及網絡文章。在看資料的過程中，我梳理了中港台及海外的金學評論發展歷程。

文學賞析派　推敲江湖隱型結構

金梁並稱，兩大武俠小說名家同時在五十年代的香港冒起。當年著名報人羅孚編輯《海光文藝》（一九六六年創刊），為了打響招牌，就請武俠小說名家梁羽生化名佟碩之，撰寫長文〈金庸梁羽生合論〉，這篇文章是半個世紀以來新派武俠小說研究的重要文獻，不能不看。

可是，金庸小說研究的興盛期，是八九十年代。在八十年代，無綫電視的金庸小說改編劇集掀起狂潮，金庸小說席捲台灣和內地，在遠景出版社負責人沈登恩的主催下，倪匡寫了他的首部金庸小說評介著作《我看金庸小說》（一九八零年出版），書中為十四部小說排位，逐一點評，提出不少可供發掘的話題與角度。

除了倪匡，溫瑞安是另一善寫而且善評的好手，他以個別著作為討論重心，貼近文本分析，在八十年代中先後推出了《談笑傲江湖》、《析雪山飛狐與鴛鴦刀》、《天龍八部欣賞舉隅》。同一時期，傳媒人薛興國出版《通宵達旦讀金庸》，香港作家楊興安寫了《漫談金庸筆下世界》，其後楊興安還出版了《金庸小說十談》和《金庸小說與文學》。然而以出版數量而論，香港作家潘國森可謂相當突出，自《話說金庸》開始，接連推出了《總論金庸》、《雜論金庸》、《武論金庸》、《解析金庸小說》、《解析笑傲江湖》、《解析射鵰英雄傳》等專著。

八九十年代，香港的明窗出版社推出多部金庸小說研究著作，例如有吳靄儀的《金庸小說的男子》、《金庸小說的女子》、《金庸小說看人生》、《金庸小說的情》和項莊（董千里）的《金庸小說評彈》等。

以上著作都可歸類為文學賞析派，重視作品文本、小說情節、人物描寫、藝術手法，旁及一些人生思想和宗哲意義，就小說談小說，細讀作品。

文學賞析派也有新的發展。二零零三年，陳鎮輝出版《金庸小說版本追昔》一書，就另闢版本學一途。最近幾年，著作不少的香港學者陳岸峰，出版了《醍醐灌頂：金庸武俠小說中的思想世界》和《文學考古：金庸武俠小說中的「隱型結構」》兩書，作者對古典文學有深入研究，觀察銳利而深刻，可算是當今文學賞析派的主將。

《醍醐灌頂》探討金庸武俠小說的江湖世界、武功文化、俠之觀念、情俠結構、魏晉風度、異域書寫與歷史省思，注重小說的思想層面。《文學考古》探尋金庸小說的人物原型，連繫古典小說的角色、情節、對話、細節，陳岸峰稱之為「隱型結構」，依學術話語，就是「文本互涉」（inter-textuality），《文學考古》相對注重小說的文學層面。

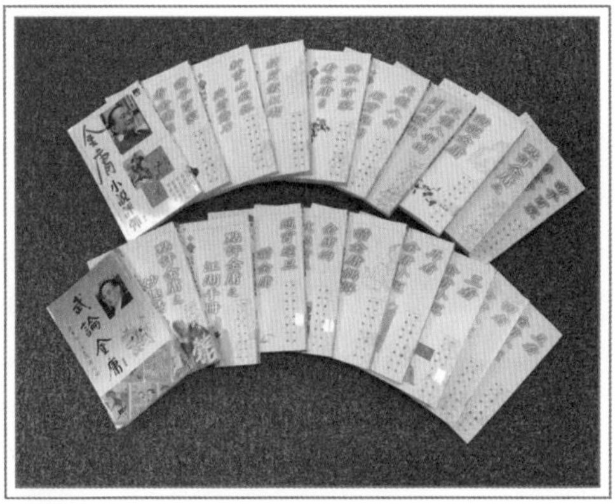

▲香港明窗出版社與台灣遠流出版公司合作，策劃出版了一系列金庸小說研究的著作，有系統地推廣閱讀及金學研究。

文化研究派 探討港式小寶神功

九十年代的金庸小說評析，不少是從文化研究的角度切入，例如霍驚覺的《金學大沉澱》分析「金庸現象」，焦點已不在作品本身。香港資深文化人馬國明的〈金庸的武俠小說與香港〉和〈金庸與金融〉等論文，發掘金庸小說隱含的不少社會課題和政治信息，包括身分認同、民族大義、兩性關係、父權主義崩潰等等，議題和文本已不相伯仲。

《鹿鼎記》是文化研究派倚重的文本，哈佛大學東亞系教授田曉菲的〈從民族主義到國家主義：《鹿鼎記》，香港文化，中國的（後）現代性〉一文，最見眼力。她從文化社會角度研探《鹿鼎記》，從《鹿鼎記》的後設書寫出發，進入小說中反對民族主義，到支持國家主義的意識形態轉移，以至最後分析九十年代改編金庸小說的香港電影，探索香港電影人如何抱着後現代態度，在幽默中顛覆和嘲諷，超越意識形態的限制。

除了《鹿鼎記》，《笑傲江湖》跟社會文化也關係密切。香港大學中文學院教授史書美的論文〈性別與種族坐標上的華俠省思：金庸、徐克、香港〉，從金庸的《笑傲江湖》和徐克的三部相關電影，發掘移民者、流放者及海外華人的角度視點，考察邊緣的華俠文化想像。

▲金庸筆下的世界博大精深，引發不少後人對金學研究的着迷。
（圖片提供：李純恩）

金庸除了是作家和報人，也是編劇，而文化研究派也重視小說的影視改編，影評人蒲鋒的〈從林歡到金庸——查良鏞由電影劇本到小說的寫作軌迹〉和〈紙本武林現銀幕 章回小說掀浪潮〉（見本書第十七回），以及拙文〈為國為民，俠之大者：金庸小說與香港電影〉（新版收錄於《字與光：文學改編電影談》）回顧了金庸的劇作和小說改編電影，但目前為止，關於電視連續劇改編的討論還是比較少見。

中國大陸的金學重要人物有馮其庸、嚴家炎、陳墨，其中陳墨以量取勝，獨佔鰲頭，少壯派的宋偉傑（現於美國新澤西州羅格斯大學任教）在一九九九年出版的《從娛樂行為到烏托邦衝動：金庸小說再解讀》，在中國大陸出版的金學著作中鶴立雞群。

金學點評派 馮其庸自成一格

中國紅學泰斗馮其庸的金學著作自成一格，他於今年一月二十二日去世，享年九十有三。

在八十年代，馮其庸發表大量《紅樓夢》研究論文，也在一九八一年開始閱讀金庸（二人同年出生），一九八六年，馮其庸撰寫〈讀金庸〉一文，一九八七年與金庸會晤。一九九一年馮其庸在《讀書》發表書評〈瓜飯樓上說金庸〉，後增訂為〈讀《金庸筆下的一百零八將》〉，是年也寫成〈關於俠文化〉，為《中國現代武俠小說鑒賞辭典》的序文，一九九六年寫成〈《金庸研究》敘〉，後改訂為〈評點本金庸武俠全集序〉。

一九九七年馮其庸更寫了〈《書劍恩仇錄》總論〉、〈《書劍恩仇錄》回後評〉、〈既是武俠的，更是文學的——評批《書劍恩仇錄》後記〉、〈人性的展示——論《笑傲江湖》〉、〈《笑傲江湖》回後評〉、〈評批《笑傲江湖》後記〉多篇文章，一九九七年是馮其庸金學研究豐收的一年。這些文章盡收於他在一九九九年出版的散文隨筆選《夜雨集》的序跋篇。

從其著述可見，馮其庸是名副其實的紅學和金學研究兼長，而以下就集中討論他在金學方面的研探成果。

〈讀金庸〉是馮其庸在八十年代中的金庸小說讀後感分享，而〈讀《金庸筆下的一百零八將》〉、〈關於俠文化〉和〈評點本金庸武俠全集序〉都是著作序言，礙於寫作目的，似乎未見個人獨到心得。《評點本金庸武俠全集》中，馮其庸負責評點《書劍恩仇錄》和《笑傲江湖》，以下且評說馮其庸的金庸小說評論。

〈《書劍恩仇錄》總論〉一開始就展現紅學泰斗的獨特眼光：「《書劍恩仇錄》是金庸的第一部武俠小說，他創作這部小說時，還只有三十歲，恰好是曹雪芹創作《紅樓夢》的年紀。」然後馮其庸為乾隆皇帝是海寧陳閣老的兒子傳説，記下日本稻葉君山《清朝全史》、蕭一山《清代通史》、金兆豐《清史大綱》、馮柳堂《乾隆與海寧陳閣老》中，一共四則資料記載，展現了考據的學問工夫。

馮其庸在總論中的分析策略，是由歷史背景的剖析出發，思索當時（乾隆年間）的社會環境和歷史條件，進而切入文本，分析小説主角陳家洛的英雄藝術形象，而馮其庸讚許金庸破格地刻劃出帶有缺陷的英雄形象，至於悲劇命運下的霍青桐和典型兇惡的奸人張召重，都是成功的小説人物塑造。

馮其庸也談到小説中婚姻、感情和愛情描寫，以至金庸把武俠小説文學化和社會化的成就，馮其庸突出的重點是金庸有意用小説反映社會和生活，包括人物和個性，但在「在現實主義的基礎上又注入了相當多的浪漫主義精神……大寫意的手法，重在神遇，注意塑造人物的精神氣質。總之，莊周式的汪洋恣肆，浩瀚無際的氣質，已經在這第一部書裏都有所顯示了。」

馮其庸的《書劍恩仇錄》評點，多歷史和地理考據，注重知識背景和典故出處，另一方面他也注意金庸的文章筆法，補筆、省筆、閒筆、伏筆、收筆、天外飛來之筆、驚人之筆之語，分門別類，看得仔細入微，馮其庸的評點又時而插科打諢，輕鬆幽默時倍添親切，咬牙切齒時更添氣氛。

馮其庸在每一回過後小結略評，《書劍恩仇錄》一共二十回，因此有〈《書劍恩仇錄》回後評〉二十則，馮其庸點出該回的優點妙筆，讓讀者可以回頭細味，想深一層，尤其是馮評特意將《書劍恩仇錄》與清代小説對觀，如第十七回，關明梅悟出陳正德、袁士霄和自己齟齬不合，始知人生緣法，可與《紅樓夢》〈情悟梨香院〉一回對看；又如第十八回，陳家洛與張召重決鬥的描寫，可與《老殘遊記》〈明湖居聽書〉媲美。

馮其庸也評點了金庸另一部代表作《笑傲江湖》。〈人性的展示——論《笑傲江湖》〉是一篇長文，馮其庸注重小説的人性刻劃，例如劉正風和曲洋的人性光輝和思想內涵，比《列子．湯問》和《警世通言．俞伯牙摔琴謝知音》的故事，更豐富鮮明。岳不羣的奸詐就可比《三國演義》的曹操，但更加虛偽，而令狐沖、任我行、左冷禪、莫大先生等也有突出的人物形象。

馮其庸勾勒出《笑傲江湖》的大小結構脈絡，都不離「武林爭霸」的故事核心，至於金庸的文筆，馮其庸更推許為「近得之於東坡，遠得之於莊子。」至於〈《笑傲江湖》回後評〉就相對簡約，但他點出《笑傲江湖》之曲，由秉持藝術、友情、正義精神至上的劉正風和曲洋二人悲奏，到自由自在的令狐沖和任盈盈和鳴偕奏，可謂提綱挈領。

綜觀馮其庸的評點工作，學效金聖嘆、脂硯齋、毛宗崗、李卓吾、鍾惺、譚元春的文評傳統，將昔日的評賞習慣推陳出新，馮其庸活用評點，他的金學研究因此自成一格，功不可沒。

■評說金庸諸子小輯

●董千里評彈

董千里與查良鏞認識及共事多年，也是金庸迷，他以筆名項莊論盡金庸作品，起初文章見於報紙專欄，後來輯成《金庸小說評彈》出版。

●名家點評

明窗出版社的《諸子百家看金庸》共有五輯，作者陣容強盛，包括三毛、董千里、杜南發、林燕妮、談錫永、陸離、張大春、溫瑞安、羅龍治等名家。

●陳岸峰賞析

對古典文學有深入研究的香港學者陳岸峰，出版了《醍醐灌頂：金庸武俠小說中的思想世界》和《文學考古：金庸武俠小說中的「隱型結構」》。

●吳靄儀睿見

吳靄儀對金庸作品甚有研究，曾寫過多本專書及文章，包括《金庸小說的男子》、《金庸小說的女子》、《金庸小說看人生》、《金庸小說的情》等。

▲金庸位於北角的辦公室（原《明報》所在地），其書房面積甚廣，兩排大窗戶飽覽維港景色，內裏藏書甚豐，中外文書籍範圍甚廣，除大量文史哲外，還有不少天文地理醫學武術的藏書。

▲金庸的經典著作傳頌多年，歷年來也出現了不少精彩設計及裝幀版本，金庸本人也甚為欣賞。（圖片提供：李純恩）

第二十三回

金庸館

是日橫空思俠客
他朝脫俗學高人

文：劉倩瑜

一九五五年，對於金庸迷來説是一個重要的年份。那一年查良鏞開始以筆名「金庸」在《新晚報》發表首部武俠小説《書劍恩仇錄》，往後的十七年間，金庸其餘的十四部作品陸續面世，均極受讀者歡迎，作品多次被改編成為電台廣播劇、電視劇、電影、舞台劇以至潮流電玩等，對華人流行文化影響深遠而廣泛。去年，康文署構思多年的金庸館正式落實，落戶在香港文化博物館。金庸館於二零一七年三月一日起公開展覽，展出藏品共百多件。

▲香港文化博物館斥資一千萬元設立金庸館，讓市民有機會紀念金庸畢生的成就，細細回味他的傳奇一生。

「一個成功的展覽，要有能吸引觀眾的展品，也要把想説的故事説得清楚明白。」負責是次項目的香港文化博物館館長林國輝如是説。那麼金庸館的展覽會説一個怎樣的故事？「查良鏞博士是一個博學、勤奮的人，他憑一支筆，既要寫政論，又要寫小説，他的成就還有辦報和參與社會活動，如基本法的起草等，在現代文學界和出版界，以至世界華人讀者群中，金庸都是一個大名字。二零一六年舉辦的『我與金庸徵文比賽』，中學組別參加者的作品很有質素，會想到以金庸作品中的角色性格投射在自己班上的某某同學身上。有的會藉某個小説人物的名義寫信給另一個角色等，看得出他們對金庸小説的內容十分投入。二零一六年書展，我們也有一個關於金庸作品的展示區，遇到不少學生及年輕的讀者，他們對金庸作品都很感興趣。我們希望可以將這位極具影響力的文化人精彩的故事講得清楚，由於這是常設的展館，日後會按不同主題展出不同的藏品，在開幕的展覽上，會先以最令人感興趣的小説創作歷程及其小説對本地普及文化和生活的影響作為主線，希望將來有更多金庸愛好者將他們的珍藏捐贈或借出，繼續豐富展覽內容。

手稿窺見大俠個性

曾於香港歷史博物館任職多年的林國輝，過去參與過約三十個歷史文物展覽的籌劃，但他表示金庸館跟過往的項目有很大差別。「策劃文物展覽，最重要是找到難得一見，並能夠反映一個時代高超工藝水平的展品，透過展品介紹一段歷史。在過程中要到內地或不同國家地區的博物館洽談，游説別人將珍藏或展品借出。籌劃一個文物展過程艱巨，但目標文物的清單，我們卻是心中有數。但金庸館籌備時，卻要一邊蒐羅展品，一邊構思展覽內容，現在所得的館藏，是我們進行文獻及照片徵集，並與金庸的家人、曾經共事的同事好友商借的成果。除了蒐羅金庸的小説不同年代的版本，我們還會在各方面了解金庸，包括他的事業和個人興趣。例如我們知道金庸愛書，會請人替他把舊書籍一本本重新裝訂及包好來存放，他習慣一邊閱讀一邊思考，並在書頁上做旁註。我們就請查太借出金庸寫有眉批的書籍。得悉金庸在二零零零年為中國《收穫雜誌》撰寫、其後收錄在《金庸散文集》中的自傳體散文式短篇小説〈月雲〉，又向查太徵求這篇文章的手稿。查太對是次展覽很支持，我們的要求，她都盡力配合，甚至是金庸的私人物品如眼鏡、圍棋棋盤、相機等，她都慷慨借出。」

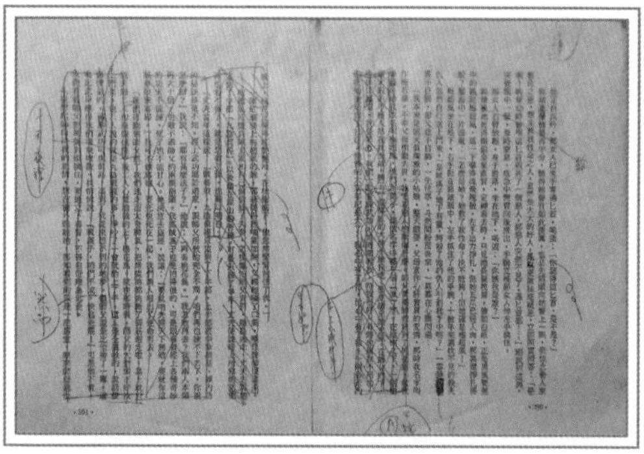

▲金庸館展出二零零零年代的《射鵰英雄傳》新修訂版手稿，舊版小説中金庸並沒詳細描寫黃藥師與梅超風的師徒關係，新版本就補充近萬字，清楚描寫黃藥師對梅超風的情意。

林國輝得悉新加坡資深報人及作家杜南發擁有金庸撰寫《笑傲江湖》時的手稿，更親自飛往當地與他會面。林國輝表示，在策展過程中，對金庸的作品及其個人有了更深入的了解。林國輝對於金庸作品的認識始於大學時代，大學修讀歷史系，中學時期已經對歷史產生興趣。「我們學寫作，常常會讀張曉風、白先勇等作家的作品，校方很注重歷史方面的教育，老師對於歷史認識也很廣博，是講故事高手，我因此愛上了歷史。老師在課堂上提及中國近百年的狀況和中國積弱的因由，但當時課程卻不包括最近數十年的歷史發展。我開始接觸傷痕文學，讀陳若曦等作家的作品，發現當中有不少片段，單憑課堂聽課及課本的內容是不足以掌握的，方才明白要認識歷史，非下工夫多方鑽研和發掘不可。」

林國輝在中學時代讀古龍的武俠小說，喜愛其曲折懸疑的情節，某年暑假他和同學一起往新疆旅行，在西安火車站的地攤，他買下第一本金庸小說。「那一本是《射鵰英雄傳》。一翻開就停不下來，那趟旅程交通時間很長，每次坐車就埋頭看，當時也沒有想到可能是盜版……」林國輝笑着回憶。

滲文史資料　妙寫國際關係

初讀金庸，林國輝雖然只是當作一般消閒讀物，但已感到其作品超越了其他武俠小說作者的境界，他一口氣讀了《射鵰英雄傳》、《天龍八部》及《笑傲江湖》。直到籌備金庸館，林國輝重讀金庸，並把全套讀畢，這一讀，彷彿觸摸到金庸創作背後的胸懷和對自己作品的期許。

「《射鵰英雄傳》的故事背景為南宋，那個時代的南宋處於弱勢，要以守城的策略去保護邊境。我接着讀的《天龍八部》，則以北宋為故事背景。宋朝在公元九六零年出現之前，國家處於五代十國的分裂時期，宋朝統一中國後，又遇上金人的興起，這個距今約一千多年前的世界，國際關係很複雜，有很多族群的關係，我很欣賞金庸的選材，他將宋、金、蒙古的關係描述得很好。當中有不少大場面，如郭靖黃蓉守襄陽城，蒙古軍攻城等均描寫得很精彩。此外，小說還會附有和故事相關的人和事件的歷史資料，如傳真教和成吉思汗的家世等，可見作者本身對於歷史的熱愛，很認真去做歷史背景的研究，而中國人注重的道義觀念，還有書法、圍棋等傳統文化藝術及遊藝項目，以至中藥醫術都在不同的故事場景中出現，我相信他是希望透過作品去傳遞中國文化和歷史知識。」

反思大時代下百姓生活

金庸寫《笑傲江湖》時正是文革的年代。當林國輝讀到書中關於氣宗和劍宗的矛盾時，不期然聯想到當年國內經濟發展經常提到的「生產關係」和「生產力」的問題。「金庸在描述小說所設定的時代的同時，跟他自身所處的時代也有所呼應。這是很特別的寫作手法。我相信金庸在執筆之際，對於其身處的局勢存在某程度的反思。」

多媒體展區　化身令狐沖出招

林國輝說，過去歷史的書寫，很少會探討普羅大眾的生活和他們的想法，而眾多古代史料，對於某一件事件的描述也大多從統治者和精英階層的角度去着墨，故金庸作品能為讀者提供一個想像的空間。「比如當遼和宋對壘時，雙方的百姓生活及他們對戰爭的看法如何。小說的描寫，相信能提起讀者進一步認識及研究歷史的興趣。」

沒有列出角色人物的名單，沒有情節重點備忘，金庸就憑建構在腦中人物的獨特性格和錯綜複雜的人物關係，創作出膾炙人口的故事，讓身處社會不同階層，生於不同年代、不同地區的華人都能投入其中。這樣一個說故事的高手，他的故事將會在一個由多媒體視聽導賞廳改建而成的展館中上演，除了以傳統模式陳列展品，場內也會有一些展區以多媒體元素與觀賞者互動，觀賞者可以化身成為金庸小說的角色如郭靖、令狐沖，使出各路武林高手的看家本領，也可暢遊金庸筆下的重要場景如韋小寶擒鰲拜。在過去六十多年，「金庸」已經成為世界華文讀者的共同語言，林國輝說，館方希望透過不同的方式將金庸的故事呈現，吸引不同年紀及階層的人士閱讀。

▲金庸的名家風範歷久不衰，相信書迷及讀者們都會永遠懷念。

▲金庸與前新華社香港分社副社長張浚生的合照。

▲金庸與張敏儀（左二）、李純恩（左一）一起到戲院捧許鞍華導演（右一）場，看電影《姨媽的后現代生活》。

第二十四回

專訪李志清

小書迷魂繫俠士
大畫筆墨牽江湖

文：趙曉彤

金庸這個人，大巧若拙；金庸的小說，包羅萬象。李志清如此形容。

李志清與金庸結緣於一九九六年。那年，日本德間書店打算出版日文版的金庸小說，負責監修的岡崎由美邀請他為金庸全集繪畫封面和插圖，這是首次有出版社聘人專門為金庸小說畫封面，此前，小說的封面大都選自中國古代山水畫。翌年，岡崎由美來港與金庸會面，邀請李志清來晚宴，得初見金庸——他口中的「查先生」，也許是太興奮吧，他竟只記得飯桌上那碗拆了肉的大閘蟹，又貴又美味，查太笑說查先生飯後要跑三個圈減肥。那時，他向金庸取簽名，金庸匆匆提字：「飄逸畫筆，圖風雲人物。」

金庸如何看漫畫？「不要改動太多」

一九九七年，李志清離開自己第一份工作、工作了十七年的文化傳信。是時候往外闖。他初次創業，在衡量商業因素與個人興趣後，決定向金庸取《射鵰英雄傳》版權，畫成漫畫。他為小說人物繪畫了一系列造型，拿給金庸看，李志清說金庸非常滿意，提議不如不賣版權了，兩人合作成立出版社吧！兩人成立了明河（創文）出版社，六年間，出版了《射鵰英雄傳》和《笑傲江湖》兩部漫畫，漫畫先後在中國大陸、港台和新加坡等地大熱起來。

從小說讀者變成合作伙伴，兩人漸漸多了機會碰面，有時，金庸會出席漫畫慶功宴。第一冊《射鵰英雄傳》漫畫出版後，是第一場慶功宴，當晚金庸才初讀這冊漫畫，然後在書上提字：「志清兄：合作愉快，至感恩惠。金庸。」他有點興奮，有點感動，戰戰兢兢地問金庸有什麼要改良？金庸答：「不要改動太多。」他一笑，說第一冊改動太多可是已經出版了，以後不會這樣，請放心。「其實我不是改寫故事，但我要為漫畫這種載體尋找新的敘事節奏和處理方式。我們要放大漫畫的長處，例如電影不能拍攝神鵰細微的眼神或神態變化，漫畫卻可以畫神鵰的眼神。」

後來有一次，他們一同到台灣出席新書發布會，台上，兩人握手供記者拍照，沒幾秒，金庸想縮手，他立時用力握住金庸的手，如是者「角力」幾回，台下仍有記者說未拍照，希望他們保持握手姿勢。他想起最近美國總統特朗普與日本首相安倍晉三的十數秒握手，他真像那個捉住別人的手不肯放的特朗普，幸好查先生厚道，沒有像安倍晉三一樣翻他白眼。

為何不畫盡整個金庸系列？

每月出版一冊漫畫，六年時間畫完金庸兩部小說。以後，他就停止了金庸小說的漫畫創作。其實，他在畫《笑傲江湖》時得了頸椎病，可是漫畫版權都簽出了，他只能硬着頭皮、忍受痛楚日夜趕工。他無法好好休息，更無暇閱讀任何一本書以吸收新知識。畫完《笑傲江湖》後，他必須休息，而後來也沒有再畫金庸小說漫畫了，一來是因為畫漫畫必須大量人手配合，二來是怕被定型。「雖然很多人叫我把整個金庸系列畫出來，但真是這樣就畫一輩子嗎？我希望我的創作會有更多變化。」

以後，他繼續創作武俠山水畫，其中一些與金庸小說的場景、哲理、人物有關。從前常畫金庸筆下的武俠人物，漸漸有了武俠情意結，常常在中國山水畫裏點綴一些細小的、正在比武過招的人物，而傳統中國山水畫的人物通常是在下棋、騎驢、看書，甚少動刀動槍。他的武俠山水畫大受歡迎，愈來愈多人找他畫水墨畫，漸漸他又好像被歸類了。「旁人很喜歡把人定型，我其實不止這樣。」他曾畫下一幅名為《定型》的水彩畫，就是以此為創作意念。

他認為武俠題材與水墨畫最相襯，等於黃山的煙雲也確實與水墨畫最相襯，不過，漫畫與水墨各有其樂趣與高度，是因為創作的目的有異，繪畫方式才會不同。封面、插圖、漫畫的載體是書，必須遷就書本大小來創作，如果畫作太大，就很難掃描成電子檔使用；至於水墨畫，則直接在現場展示給觀眾看，為求一種震撼的視覺效果，必須畫得大幅。所以他不會覺得只有漫畫或水墨才最能表現金庸小說的神緒。「其實創作的每一次就是一次，每一幅作品也是一幅作品，我不會因為繪畫這幅作品而覺得清淡留白就是最好，有時我也要畫萬馬奔騰、組織嚴密的畫作。一張畫不代表一個人的風格。」

一讀再讀 領略蓋世武功要訣

認識金庸前，他與金庸的小說結緣於十六七歲。那時他看見哥哥追看從公共圖書館借來的《射鵰英雄傳》，便與哥哥一起追看，他一看便着了魔，一口氣看完了整本小說，為怕母親責罵，還躲在被窩裏看。其實他十二三歲就愛到公共圖書館看書，可是他一到圖書館便被各種各樣的畫冊吸引，一直徘徊在美術書架前，不知道旁邊的小說書架放着一整排金庸小說。

那時，他住在大圍的白田村，這條村依城門河而建，從大圍到沙田的河岸，全是農田。他的左鄰右里幾乎都是農夫，而他們家則經營小店舖，生活貧窮，常常要走到一牆之隔的有錢人家裏挑蓮子芯來幫補家計，即使那裏又有蜜蜂又有惡狗。回家後，看見桌上一堆等待加工的塑膠花，亮起燈，又得繼續工作。閒時他會畫畫或到圖書館看書，有時靜候火車駛來然後快速跑過車軌，有時又把硬幣放在車軌上，待火車輾得硬幣彎彎的，那種變化真好看。

他十八歲，他的二哥看見《青報》招聘漫畫助理，着他應徵。他入職《青報》半年後，雜誌成文化傳信旗下，而他一待便是十七年。他很喜歡畫畫，常常在想當初如果看見的是其他類型的繪畫工作，例如廣告，他大概也會一直從事廣告業。如果不是當初看了金庸小說，大概也不會有這段插曲：文化傳信安排他畫鬼故事，作品大受歡迎，公司與讀者都把他定型為鬼古漫畫家，可是他愈畫鬼古就愈覺得整個人暮氣沉沉。他想跳出鬼古的創作畫畫，向公司提議畫武俠漫畫，公司反對，說市場已有大量武俠漫畫，一輪拉鋸後，他開始創作武俠鬼故事。

後來就是與金庸相識、創作金庸小說漫畫，因工作而不斷翻閱金庸小說，少年時看不懂的結構佈局與弦外之音，現在大概了解，而且愈讀愈多體會，一些小說哲理更影響了他的人生觀與繪畫觀。「我最近在畫一幅百花錯拳，這招式的高明度是『錯』。很多擁有專門知識或成名的人，會有定見、成見，而這些成見正是他們最後落敗的原因，他們總是以為太極拳或洪拳就一定是這樣打，但亂打一通的百花錯拳卻把他們統統打敗。我們看東西不要有自己的成見，你的既有知識不一定對，有成見就無法吸收新知識，眼界不會開，我們常常說一個杯滿水了就不能再加水，你要把杯倒空，好像狗雜種石破天是因為他的杯是空的，才能學會絕世武功。」

白描大型武俠場景 互動同樂

轉眼數十年，大圍沙田那些河流與車軌之間的農田全部變成高樓大廈，他的出生地「新醫院」不出五十米範圍，建了一座香港文化博物館。如今文化博物館設置金庸館，他攜着畫作「回鄉」了，把畫作借予金庸館展覽。他又為互動遊戲「大俠遊蹤」繪畫武俠，這次，他畫了十幾幅尺寸頗大的白描。「通常白描的尺寸較小，但金庸的故事場景很豐富，可以配合電腦互動來繪畫的大幅白描，對我來說是幾好玩的挑戰。」有時漫畫，有時水墨，有時白描，下筆時，他一再想起《俠客行》的石破天、《書劍恩仇錄》的百花錯拳。

所謂蓋世武功，習武者的心思絕無定見。

◀▲金庸的經典巨著流傳甚廣，即使到了今天也是家傳喻曉。當年的初版小說，當然是各收藏家的心頭好了。

▲金庸與長江集團的高層管理人之一霍建寧的合照。

▲金庸與廖本懷夫人的合照。

第二十五回

專訪直傳訥

承傳父業女兒志　沐浴家風紙墨香

文：朱一心

她把一小撮風乾了的桃花，加進調好的墨中，泡出帶有桃花的顏色，就以這種墨繪畫「桃花島」。金庸武俠小說的人和事，在她畫筆下有了新世界，喬峰再不是梁家仁的樣子，而是從相由心生的想像中，重新創作金庸的武林。

她是金庸的么女查傳訥，熱愛繪畫。她正開始一個十年大計，以突破文學和武俠之間的創作，希望把金庸武俠小說的人和事，繪畫成畫。

父親給查傳訥一個很優美的外號，叫「木靈子」，小時候的她不喜歡這名字，因為不懂，現在她卻說：「我太喜歡這外號了！四個孩子之中，就只我有外號，將來我也會用這名字。」所以人人都說查大俠最疼這小女兒，雖然傳訥總跟人說父親四個孩子都疼，只不過么女最嗲父親。

▲查傳訥中學生時代和父親合照。金庸大俠在小女兒身旁是一位慈父。

武俠迷都知道查大俠筆下的人物，名字都有古書出處，女主角的名字更是精緻飄逸，好像任盈盈的「盈」，古詩十九首《青青河畔草》說：「盈盈樓上女，皎皎當窗牖。」查傳訥的名字當然也有出處，她說，父親取自《論語》的「君子欲訥於言而敏於行」和「剛毅木訥近仁」，傳訥是指說話安靜不吵嚷。她的樣子甜美，大眼睛明亮而帶點好奇，言語間帶有幾分黃蓉的淘氣、阿朱的精靈，似乎更切合她的英文名字 Edna——精緻柔美。

人到中年，查傳訥重新拜師學藝，近年不斷開個人畫展；除了香港中央圖書館及視覺藝術中心的畫展外，二零一五至二零一六年分別在日本九州及東京舉行「想起築地」畫展，這批繪畫築地魚市場的敬業樂業，以及向日本畫家歌川廣重致敬的畫，都是彩色的油畫，和她貼在臉書的畫比較，色調很不同。臉書上看到一些以金庸小說作畫的人物和意境，多是水墨。問她何時才有第一個以金庸小說為主題的畫展？她語帶神秘地說，計劃在二零一八年，但地點應不在香港，會在其他地點初試啼聲。

這天，她約了記者到山頂喝咖啡接受訪問，她說山頂予人靈感，明白她的人會覺得別出心裁，不明白的只想到怎麼跑這麼遠喝一杯咖啡？來了山頂，給人老遠從山下跑上來，她真的給你充裕時間天南地北，慢慢喝着咖啡，談繪畫談父親。

Edna 二十六歲結婚，一直過着低調的家庭生活，近十年才在畫壇活躍起來的感覺。她說：「最沉迷是二零零七年至二零零九年重新學畫時，一天畫很多小時。」但無論如何沉迷，她還是最注重丈夫和三個子女的一頓晚飯，總是準時回家燒飯，今天亦然。

在她小學時，父母就看出她具有繪畫天分，母親朱玫到處奔跑為她找好老師，而父親——我們的金庸大俠——則讓孩子享受快樂的童年。

▲金庸與第二任妻子朱玫與孩子的合照。

「阿爸是王重陽」

「父親是一位慈父，在我眼中他是傻爸爸！」他是否孩子眼中的周伯通？不啊！「我阿爸就是王重陽！」小時候，爸爸以一種實踐性和摸索的方法教育孩子，會讓小小木靈子管理魚池，給她一個小魚撈，發發白日夢撈撈魚。小學生時他們住在北角半山，中學生時住山頂道一號，那時作家倪匡去探望，看到數萬呎的花園就跟金庸笑說，你家要打電話才找到人，搬離大宅後，Edna 和父親都住在半山，就在附近，互相照應。Edna 說：「父親讓我們有自己的世界，任我在花園搞東搞西，讓我在草坪上發現小昆蟲，但我媽媽卻不來這一套，母親又嚴又惡，啊！不是惡，是很嚴，我家是嚴母慈父。今天才明白，成就今天的查傳訥，二人對我的教育，缺一不可。」

隨名家學習 畫畫天分高

金庸和朱玫很早就發現小女兒想像力豐富，畫畫天分高，只是沒想過半個世紀過去，她用畫作承傳父親的武俠文學。十二歲時 Edna 曾跟名家丁衍庸習畫，她是老師至愛學生之一。

Edna 說話有時答完一句，突然無語，空氣凝固，不知如何接下去，或許，這就是為什麼曾有記者說她愛自說自話，她笑笑說：「我跟我爸爸一樣，都是不會說話的人。他以寫作表達，我以繪畫表達。」說到繪畫，她自然而健談，大眼睛骨溜溜，顧盼神飛，說：「小時候感到學畫很呆板，還是喜歡自己畫，好像小學五年級學素描，對着一個橙畫，又學國畫，一筆一筆畫。跟丁衍庸老師學畫，仍然感到呆板啊！他基本上是教我中文大學一年級的東西，那時我仍很小，丁老師教什麼我便做什麼。」普遍人認識丁衍庸是他的《一筆貓》，草書飛舞一筆水墨畫成一隻貓，天真可愛。

昔日丁衍庸的工作室位於尖沙嘴，香港寸金尺土，畫室很小，當中放上一張大木枱，小傳訥上課不僅很快掌握老師所教，還常幫忙收拾畫室，難怪丁老師特別喜歡她，不過拜師不夠兩年，丁老師於一九七八年便去世。

這是她學畫的第一個階段，第二階段是結婚後，丈夫很支持她繪畫，特別為她設計了一個書房作畫，但那時她只為表達自己感受而畫，沒想過公開與人分享，而且帶孩子也頗忙；現時傳訥的長女正在巴黎讀博士兼教書，二女在港工作，三子是十四歲的中學生（編按：此訪問刊登於二零一七年，上述為查傳訥當時孩子們的狀況。），她依然注重住家飯，猶如母親當年給他們下廚。「噢！不⋯⋯不⋯⋯我廚藝不是很棒，但給我什麼材料，我不用看菜譜，就會做成一道菜，因為自小懂吃，懂吃才懂做菜啊，我媽媽才是高手⋯⋯」

她小時候常黏着埋頭埋腦寫稿的父親，繞在父親身邊玩，還看着父親練習拳術：「我父親是懂武術的。」Edna在記者的筆記本上畫了一個圈，再打個箭嘴，就是坐標北，金庸的北丐東邪南帝西毒，就在圓圈上浮着，Edna把王重陽畫在中間。在金庸筆下，王重陽是中國道教全真派的創始人，是中神通，縱橫貫穿東南西北，是天下五絕之首，提倡儒釋道合一，功夫超高絕頂，智慧出塵，他腰佩長劍，風姿颯颯，飄逸豪情，雖然在金庸的武俠系列中出現不多，但在「華山論劍」一出場，就憑道家的「先天功」令人心服口服，奪得天下第一和《九陰真經》。但金庸安排這個角色，不為稱霸武林，而為化解江湖的腥風血雨：「這一切都是父親想出來的。」從中再想像，逐漸浮出金庸創辦《明報》，成為權威報章。

查大俠既是王重陽，查傳訥是誰呢？有人說她就是小龍女，不然，就是郭襄，網上有文章還實牙實齒說金庸大俠是根據小女兒性格創作女角。Edna大笑說：「我是一九六三年出生啊！怎會是我，父親創作全盛時期，最多人愛看的《射鵰》、《神鵰》和《倚天》等，都在我出生之前。」

「覺不覺得我爸爸的武俠中，女人都好慘？我會用第二種方法畫女人，不畫出樣子來，有武俠feel，觀者自己想像。」也是的，她若是小龍女，要在谷底等楊過十六年；她若是郭襄，要不婚還要飄泊天涯；阿朱更慘，被蕭峰（喬峰）失手打死。幸好，查傳訥是查傳訥，是她自己，雖身懷「武功」，但退隱江湖享受家庭。兒女長大後，她重出江湖，是她人生畫畫的第三階段，從安靜的半山家庭畫室，跑到跑馬地開設自己的工作室。如今她希望與人分享，希望延續父親的武俠文化。

二零零七年，她重新習畫，習畫兩年，很快就走回童年反叛的自學之路，老師教她油畫，她卻像俏黃蓉堅持要畫莫奈，老師說太難，她卻一張一張畫出來；接着學習素描，老師說要先畫景，她偏要先畫人。Edna笑語盈盈說：「我不是那種step by step的人，老師不是不好，現在我仍有找他吃飯，他優點不少，好像他說畫畫有兩大方向，一是發掘新材料畫舊東西，二是以傳統的東西畫新的東西。」於是，她去撿桃花，她去撿海藻，以西貢撿來的海藻入墨，繪畫西貢的畫。

在Edna的臉書，會看到裘千尺（《神鵰俠侶》人物，絕情谷的女主人，年輕時是美人，後變成醜婦）的草圖，也會看到丐幫弟子的紙本着墨草圖；她說不會在臉書貼上太多武俠系列的畫，免得畫展時沒新鮮感；然而，Edna 是如何開始金庸武俠創作之路呢？是靈機一觸，還是像小麥發芽早在冬日埋藏田裏？原來有些想法是自家開發，有些是來自閱讀劉以鬯作品《對倒》而生。《對倒》是淳于白和亞杏的故事，一個來自上海，一個土生土長，一個總是回憶過去，一個總是幻想未來，同城異夢。「故事啟發了我，我畫丐幫，是過去式，用水墨；我畫現代人，是現在式，用上彩色。」

以新載舊　水墨飛舞武俠符號

她的金庸武俠畫暫時構思是：「分為兩部分，一部分是符號，九陰真經的符號，是大自然的符號，理論是陰陽五行，父親的小說也是以這個想出來；第二部分，是繪畫我爸爸的武俠人物和景物，這正是我與金庸武俠的關係，是我的十年大計。」

坦率真誠的談了兩小時，天色正暗，她說要回家煮飯了，卻不忘拋出這句：「你知為何我爸爸不喜歡別人為他寫傳記？」記者茫然，她靈巧的笑說：「他的小說就是他的平生，所以他寫完一本又一本，每本都是他的人生經歷，霍青桐就是我媽媽。」

「媽媽是霍青桐」

查傳訥甜甜的笑說，父親筆下的霍青桐，就是寫母親。「我阿媽真的好叻好叻，上海菜、廣東菜和西餐，都做得一流。」說時沉醉在母親的美食中：「媽咪是成圍枱的做出來，冷盤、紅燒元蹄、獅子頭……」

查傳訥說：「我媽媽上街打扮得很漂亮，煮飯很好吃，工作能幹，就是太叻了，女人可以好叻，但某一些位在男人面前，都要留一留，最重要是女人不要太惡。」媽媽是霍青桐，霍青桐是《書劍恩仇錄》中的「翠羽黃衫」，漂亮秀美，智計過人，武功高強，擅用劍，清代回部首領木卓倫之女，曾以少勝多，帶領回部勝出黑水河之役。打仗她勇智過人，談情說愛卻輸給香香公主。

金庸的武俠小說傳奇，並沒有因為大俠收筆而告終，反之，其作品數十年來透過不同語言譯本在世界各地延伸閱讀，透過聲音影視漫畫以至電玩在真實世界和虛擬空間發展壯大；大俠女兒查傳訥的金庸系列畫作也許是金庸作品的一次血脈相傳。

▲自小習畫的查傳訥近年開個人畫展。圖為二零一一年金庸出席查傳訥畫展。

▲金庸於一九四八年與杜冶芬的結婚照。

▲金庸與現任太太林樂怡有過一段美麗邂逅，共譜戀曲。

◀▼金庸曾說他不像郭靖那麼蠢，現任太太林樂怡也不像黃蓉聰明，他們只是普通夫妻。

附錄

（圖片提供： 李純恩）

·小報起家經妙手　同行稱道出雄文

一代報業巨人查良鏞（金庸）病逝，他生前曾說過「辦報紙能像我這樣（出色）的人很少，未必人人有我的本事辦得這麼好」。此言非假，《明報》一開始主打他的武俠小說，資源比較貧乏，甚至被誤認為左報，但他在時代洪流下抓緊機會發展，他堅持的「文人辦報」和企業家精神相輔相成，由小報逐步發展成上市傳媒機構，留下一個個報壇傳奇，在報業歷史上翻開新一頁。

集資十萬　初起欲辦武俠小說雜誌

曾在《大公報》工作的查良鏞當年忍受不了左派思想控制，出資八萬元，加上同學沈寶新的二萬元，決意自行試辦報刊，另聘請潘粵生等兩名職員，四人合力經營，但查沈一開始並不打算發行報紙，而是計劃出版武俠小說雜誌《野馬》。

《野馬》是《明報》前身，嚮往自由的查良鏞解釋命名「取其行動自由，有雲霧飄渺之意」，打算以自己的小說大賺特賺，但由於獲知雜誌不及報紙易賺錢，所以出版前兩三個月改變計劃，發行報紙，取名《明報》，取其「明辨是非」之意。第一份《明報》於一九五九年五月二十日出版，因查良鏞於左報出身，《明報》甫面世即被外間認定為左報。

擺脫左報形象 報道偷渡潮樹名聲

查良鏞一直想將《明報》擺脫左報形象。一九六二年五月，大批難民由內地偷渡來港，逗留環境惡劣，情況淒苦，不少左報不予報道，查解釋全因「顧全中共的面子」，所以視若無睹。其後《明報》在邊境採訪的記者要求報道，最後「決定真實地報道這個不幸的消息」，開始樹立名聲，卻和左報發生歧見，而其筆下的社評更和左報爆發筆戰，享有「左手寫社評，右手寫小說」的美譽。

查良鏞亦把《明報》塑造為知識分子報章，一九六二年六月在副刊開設「自由談」，歡迎任何人投稿，題材不限，包括討論中共、文化、教育、學術等，成功提升報格，吸引不少知識分子投稿，使明報從一份側重武俠小說的小報，升格為一份文人報紙。《明報》今時今日仍保留自由談，歡迎投稿。

《明月》贏國際名聲 《明周》賺厚利

在報業取得成功的查良鏞大展拳腳，另開辦兩份刊物，賺取名利。《明報月刊》一九六六年一月創刊，發刊詞寫明希望作為「海外華人溝通心聲的一個橋樑」，在海外知識分子間取得良好反應，使查獲得國際名聲。《明報周刊》則於一九六八年十一月創刊，以軟性時事為主，為查賺取豐厚盈利，不少人更加以倣效，開創娛樂周刊先河。查又於一九六九年創辦《明報晚報》。

中英談判 聘二十大學生《明報》接班

查良鏞的傳媒王國開始成形，至一九八五年正值中英商討香港回歸前途問題，決定聘請二十名大學生，栽培為接班人。當年查邀請張健波及馮成章等人共進晚餐，三年後張、馮進入明報，最終前者位至總編輯，後者位至執行總編輯。

一九八九年，查良鏞開始逐步退出《明報》管理層，至一九九四年辭任名譽主席，《明報》近三十五年的「查良鏞時代」宣告結束。查回顧報業一生時曾說「《明報》是我的畢生事業與聲譽」，更形容「《明報》是我的孩子」，當時《明報》已上市，漸上軌道，查放心將「孩子」交給年輕一代照顧，自己猶如他筆下主角退隱江湖，享受自由，但他對報業工作念念不忘，生前曾說過「我死之後，如果下一世投胎做人，做什麼好呢？我說還是做新聞工作」。

· 志摩美文表弟壯　金庸家族名人多

查良鏞一九二四年生於浙江海寧，祖籍江西省婺源縣。查家為當地名門望族，歷朝歷代大官輩出。康熙年間，一家叔侄五人（查嗣韓、查慎行、查嗣瑮、查嗣庭、查昇）都官拜翰林，全家共有七人中進士，故有「一門七進士，叔侄五翰林」之說，是查家最顯赫的年代。康熙帝更為查家寫了一個牌匾，上書「澹遠堂」三個紫色字；因是皇帝提字，字旁有九條飛龍，但有關牌匾在解放後失去。

康熙時一門七進士　獲御筆牌匾

查氏家族近代亦有著名人物，例如天津南開大學教授查良錚（穆旦），為一九四零年代九葉派代表詩人和翻譯家；台灣學術界著名人物、司法部長查良釗。祖上查繼佐是文字獄「明史案」最早的告密者。查良鏞祖父查滄珊於光緒十七年（一八九一年）於江蘇丹陽任知縣時，當地民眾發現教會墓地埋葬多具兒童屍首而不滿，爆發「丹陽教案」，查滄珊因鎮壓不力被革職。海寧著名人物徐志摩是查良鏞表兄。

十五歲編升中參考書　中國首本

查良鏞父親查樞卿是地主，五十年代因反革命罪被處決，查家一共六兄弟姊妹，分別為良鏗、良鏞、良浩、良鈺、良琇和良琁，查良鏞排行第二。一九三七年，查良鏞考入浙江衢州一中，離開家鄉海寧逾三百年歷史的大宅。一九三九年，十五歲的他和同學編寫指導學生升初中的參考書《給投考初中者》。此類書籍第一次在中國出版，亦是查良鏞第一本出版的書。

一九四一年日軍攻到浙江，十七歲的查良鏞進入聯合高中，因寫壁報作品《阿麗絲漫遊記》諷刺投降主義而被開除。一九四四年考入重慶國立政治大學外文系，因投訴國民黨職業學生而被勒令退學，一度到中央圖書館工作，其間閱讀大量書籍，建立良好文學根基，後轉入蘇州東吳大學（今蘇州大學）學習國際法。

紅顏彈指老，剎那芳華，與其天涯思君，
戀戀不捨，莫若相忘於江湖。
——《天龍八部》金庸

細味金庸傳奇一生

緬懷泰斗・擁抱鴻篇

編著者：倪匡 明報出版社編輯部
出版經理：林瑞芳
責任編輯：陳文威、鄭樂婷
封面及美術設計：YU Cheung
封面圖片：《亞洲週刊》
部分圖片來源：《明報》、《亞洲週刊》、受訪者提供
出版：明報出版社
發行：明報出版社有限公司
香港柴灣嘉業街 18 號
明報工業中心 A 座 15 樓
電 話：2595 3215
傳 真：2898 2646
網 址：http://books.mingpao.com/
電子郵箱：mpp@mingpao.com
版 次：二〇一八年十一月初版
二〇一九年一月第二版
ISBN：978-988-8525-94-2
承 印：美雅印刷製本有限公司